AF314785

# BIBLIOTHÈQUE LE GOUZ DE SAINT-SEINE

## A DIJON

---

## VENTE AUX ENCHÈRES PUBLIQUES

SUR LICITATION, PAR SUITE D'INDIVISION

Le Lundi 17 Novembre 1902

et jours suivants.

*à 2 heures très précises.*

## EN L'HOTEL DE SAINT-SEINE

*29, rue Verrerie, à* **DIJON**

---

Par le ministère de M⁾ LEMOULT, Commissaire-Priseur.

Assisté de M. A. CLAUDIN, Libraire-Expert et Paléographe.

LAURÉAT DE L'INSTITUT

*16, rue Dauphine, à Paris*

---

*Le catalogue se distribue* **à Dijon** :

Chez M⁾ LEMOULT, Commissaire-Priseur, à l'Hôtel des Ventes de Dijon, rue des Godrans ; MM. NOURRY, Libraire, place Saint-Étienne ; VENOT, Libraire, place d'Armes ; DAMIDOT, Libraire, rue des Forges ; PRIVAT, Libraire, rue Jannin, qui se chargent des commissions, et chez les autres Libraires de la ville.

**A Paris**, à la Librairie A. CLAUDIN, 16, rue Dauphine.

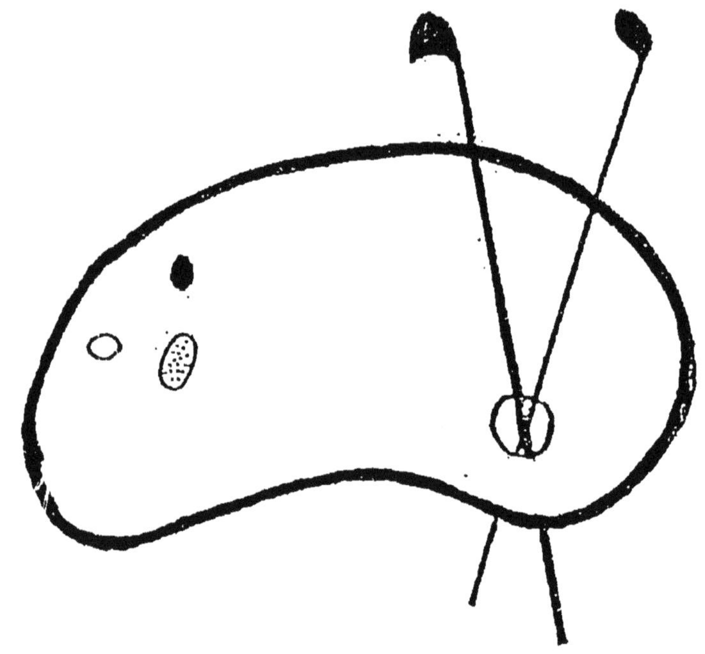

FIN D'UNE SERIE DE DOCUMENTS
EN COULEUR

# BIBLIOTHÈQUE LE GOUZ DE SAINT-SEINE

## A DIJON

## VENTE AUX ENCHÈRES PUBLIQUES

SUR LICITATION, PAR SUITE D'INDIVISION

Le Lundi 17 Novembre 1902

et jours suivants,

*à 2 heures très précises.*

## EN L'HOTEL DE SAINT-SEINE

*29, rue Verrerie, à* **DIJON**

Par le ministère de M⁰ LEMOULT, Commissaire-Priseur.

Assisté de M. A. CLAUDIN, Libraire - Expert et Paléographe.

LAURÉAT DE L'INSTITUT

*16, rue Dauphine, à Paris.*

*Le catalogue se distribue* **à Dijon :**

Chez M⁰ LEMOULT, Commissaire-Priseur, à l'HÔTEL DES VENTES de Dijon, rue des Godrans ; MM. NOURRY, Libraire, place Saint-Etienne ; VENOT, Libraire, place d'Armes ; DAMIDOT, Libraire, rue des Forges ; PRIVAT, Libraire, rue Jannin, qui se chargent des commissions, et chez les autres Libraires de la ville.

**A Paris,** à la Librairie A. CLAUDIN, 16, rue Dauphine.

# PARMI LES PRINCIPAUX ARTICLES

ON REMARQUE :

BOLLANDUS. Acta Sanctorum (61 vol. in-fol. (n° 1). — ANTIPHONA-
RIUM CARTUSIENSE. Manuscrit du xv° siècle (n° 4). — CÆREMONIALE
EPISCOPORUM. 2 vol. in-fol., mar. rouge, dentelles (aux armes
de Bouhier, évêque de Dijon) (n° 25). — GALLIA CHRISTIANA.
13 vol. in-fol. (n° 37). — GRADUEL DE LA CHARTREUSE DE DIJON.
Manuscrit du xv° siècle (n° 39). — HÉLYOT. Histoire des
ordres monastiques. 8 vol. in-4° (n° 43). — HEURES. Manuscrit
in-4° du xv° siècle, avec 11 miniatures (n° 45). — LE QUIEN.
Oriens Christianus. 3 vol. in-fol. (n° 52). — DU SAUSSAY. Martyrologium Gallicanum. 2 vol. in-fol., reliés en maroquin rouge,
aux armes de Kenelm Digby (n° 56). — DU SOMMERARD. Les arts
au Moyen Age. 5 vol. in-8° et 5 vol. in-fol. (n° 133). — RECUEILS
D'ESTAMPES, DE PORTRAITS ET D'ORNEMENTS, par Nanteuil, Montcornet, Firens, Galle, Rembrandt, Abraham Bosse, etc. (n°ˢ 134 et
135). — BOSSUET ET FLÉCHIER. Recueil d'oraisons funèbres en
éditions originales (n° 205). — GUICHENON. Histoire de Bresse et
de Bugey (n° 531). — MANUSCRITS DE L'ABBÉ CHENEVET sur Dijon (n°ˢ 569, 578 et 599). — PRIVILEGIA ORDINIS CISTERCIENSIS.
Premier livre imprimé à Dijon en 1491 (n° 591). — DOM CALME-
LET. Histoire de la maison du Saint-Esprit, Manuscrit original
(n° 618). — DOM PLANCHER. Histoire de Bourgogne (n° 619). —
DE BROSSES. Lettres familières sur l'Italie. 2 vol. in-fol., manuscrits (n° 705). — ANSELME (le P.). Histoire généalogique de
la Maison de France, vol. in-fol. (n° 753). — MONTFAUCON.
Antiquité expliquée et Monuments de la Monarchie. 20 vol.
in-fol. (n° 815). Etc., etc. — Quantité d'autres bons livres en
parfaite condition qu'il serait trop long d'énumérer.

---

# ORDRE ET CONDITIONS DE LA VENTE

On suivra l'ordre du Catalogue, de manière à vendre environ 150 ou 200 numéros par jour, selon les circonstances. Les vendeurs se réservent néanmoins la faculté de vendre au milieu ou à la fin les articles importants compris dans la vacation.

La série spéciale à la BOURGOGNE et à la FRANCHE-COMTÉ (nᵒˢ 565 à 662) sera vendue à la fin.

Les articles groupés sous un même numéro pourront être vendus séparément, s'il est fait des offres jugées suffisantes par l'expert. On pourra en réunir d'autres s'il y a avantage pour les vendeurs.

Les livres seront vendus dans l'état où ils se trouvent.

Ils devront être collationnés dans les 24 heures de l'adjudication. Passé ce délai ou sortis de la salle de vente, ils ne seront repris pour aucune cause.

Les commissions des personnes absentes ou empêchées seront remplies au mieux par le libraire-expert. Les articles achetés ainsi par ordre seront vendus tels quels, sans aucune espèce de garantie, celui-ci ne pouvant se charger de les vérifier ou collationner, à moins qu'on ne charge quelqu'un spécialement de ce soin dans les délais voulus.

---

Il y aura exposition, le matin, de dix heures et demie à midi, des livres de la vacation du jour.

---

*Des ouvrages qui se trouvent en double dans la bibliothèque, ainsi qu'un certain nombre de livres non catalogués, seront vendus au cours des vacations.*

---

Les acquéreurs paieront DIX POUR CENT en sus des adjudications applicables aux frais de vente.

---

**N. B. — Tous les livres de cette bibliothèque sont généralement dans un parfait état de conservation.**

# CATALOGUE

DE LA

## BIBLIOTHÈQUE

## LE GOUZ DE SAINT-SEINE

---

**THÉOLOGIE. — ÉCRIVAINS ECCLÉSIASTIQUES. — HISTOIRE DES RELIGIONS. — ORDRES RELIGIEUX. — HAGIOGRAPHIE.**

1. ACTA SANCTORUM quotquot toto orbe coluntur, vel a catholicis scriptoribus celebrantur quæ ex latinis et græcis, aliarumque gentium antiquis monumentis collegit digessit, notis illustravit J. Bollandus servata primigenia scriptorum phrasi operam et studium contulit God. Henschenius. *Parisiis, V. Palmé,* 61 vol. in-fol., cart. perc. noire, non rogn.

2. ALCORAN (L') de Mahomet, trad. d'arabe en françois par Du Ryer. *La Haye, Moetjens,* 1685, pet. in-12, frontisp. grav., v.

3. ANNALES DE LA CHARITÉ, revue d'économie chrétienne consacrée à l'étude des intérêts des classes laborieuses et souffrantes, journal de la Société d'économie charitable. *Paris,* 1860-66, 11 vol. in-8, dem.-rel., v. fauve.

4. ANTIPHONARIUM CARTUSIENSE. — In-fol., rel. en ais de bois, recouv. de vieille bas.

MANUSCRIT SUR VÉLIN DU XVᵉ SIÈCLE, en musique notée. Il a appartenu à la Chartreuse de Dijon comme le constate cette inscription qu'on lit au bas de la première page : *Iste liber est domus Sancte Trinitatis ordinis Cartusiensis prope Divionem.* — Bel état de conservation.

5. ARNAULD (Ant.). Des vrayes et des fausses idées contre ce qu'enseigne l'auteur de la Recherche de la Vérité (Malebranche). *Cologne*, 1683, in-12, v. — STARCK (Le baron de). Entretiens philosophiques sur la réunion des différ. communions chrétiennes. *Paris*, 1818, in-8, dem.-rel. — Ens. 2 vol.

6. ARTAUD DE MONTOR. Histoire du Pape Pie VII. *Paris*, 1837, 2 vol. in-8, portr., dem.-rel., chagr. viol. — Histoire du Pape Léon XII. *Paris*, 1843, 2 vol. in-8, dem.-rel., chagr. bleu. — Ens. 4 vol.

7. AUDIN. Histoire de la vie, des ouvrages et des doctrines de Luther. *Paris*, 1845. — Histoire de la vie, des ouvrages et les doctrines de Calvin. *Paris*, 1845. — Histoire de Léon X. *Paris*, 1846. — Ens. 3 vol. in-12, dem.-rel.

8. AUGUSTINI (D. Aur.) Hipponensis episcopi de Civitate Dei lib. XXII, ad priscæ venerandæque vetustatis exemplaria denuo collati, eruditissimisque insuper commentariis per doctis. virum J. Lod. Vivem illustrati et recogniti. (*Lugduni*), *ap. Hugonem et Hæredes Æmonis à Porta*, 1544, in-fol., v.

9. AUGUSTINI (D. Aur.) Hipponensis episcopi, de Civitate Dei lib XXII. *Lugd., Seb. Honoratus*, 1570, 2 vol. in-8, v.

10. AUGUSTINI (S. Aur.) Hipponensis episcopi opera omnia, opera et studio Monachorum ordinis SS. Benedicti. *Parisiis, Gaume*, 1836, 16 vol. gr. in-8, à 2 col., dem.-rel., chagr. viol.

11. BASILII (S. Patris nostri) Cæsareæ Cappadociæ archie-

piscopi opera omnia quæ extant, opera et studio Juliani
Garnier. *Parisiis, Gaume,* 1839, 6 vol. gr. in-8, à 2 col.,
dem.-rel., chagr. viol., fil., tr. marbr.

12. BASSINET (J. D.). Histoire sacrée de l'Ancien Testament représentée par figures av. des explications tirées
des SS. PP. *Paris, Desray,* 1804, 8 vol. in-8 avec figures, dem.-rel., v. grenat.

13. BERNARDI (S.) abbatis Claræ-Vallensis opera omnia
recognita curis D. J. Mabillon. *Parisiis, Gaume,* 1839,
4 vol. gr. in-8, dem.-rel., chagr. vert, fil., tr. marbr.

14. BERNARD (Sainct), abbé de Clerevaux, sur les principales festes et solennitez de toute l'année, item XVII
sermons sur le Pseaume xc., LXXXVI sermons sur les
Cantiques des Cantiques de Salomon ; item quatre traictez
du mesme autheur, des 12 degrez d'humilité et d'orgueil,
du commandement et de dispensation, etc., le tout mis en
françois par le P. Hubert L'Escot. *Lovain, P. Zangre
Tiletan,* 1576-77, 2 tom. en 1 vol. in-4, v.

15. BERNARDI (S.) Clarevallensis abbatis genus illustre
assertum ; acced. Odonis de Diogilo, Johannis Eremitæ,
Herberti Turrium Sardiniæ archiepiscopi, aliorumque
aliquot scriptorum opuscula, etc., cura et studio P. Fr.
Chifletii. *Divione, Ph. Chavance,* 1660, in-4, v.

16. BERNARD (Etudes sur Saint), par Ab. Desjardins. *Dijon,* 1849, in-12, cart., dos de toile. — Vie de Marie-
Elisabeth de La Trappe de Quatrebarbes, religieuse Car-
mélite à Beaune, par l'abbé Colet. *Dijon,* 1861, in-12,
dem.-rel., v. viol. — Ens. 2 vol.

17. BERRUYER (Le P.). Histoire du Peuple de Dieu, dep.
son origine jusqu'à la naissance du Messie, tirée des
seuls livres saints ou le texte sacré des livres de l'Ancien

Testament. *Paris,* 1728, 7 vol., v. — Hist. du Peuple
de Dieu dep. la naissance du Messie jusqu'à la fin de la
Synagogue. *La Haye,* 1755, 4 vol. — Ens. 11 vol.
in-4, v.

18. BIBLE (Sainte), trad. d'après les textes sacrés avec la
Vulgate, par Eug. Genoude. *Paris, Méquignon,* et
*Lyon, Perisse,* 1821-22, 22 vol. in-8, dem.-rel., veau
viol.

19. BIBLIA SACRA Vulgatæ editionis Sixti V, pontif. maximi
jussu recognita et Clementis VIII auctoritate edita. *Lugduni, P. Beuf,* 1827, gr. in-8, veau, fil., tr. dor.

    Edition imprimée en très petits caractères.

20. BIBLIORUM (Sacrorum) Vulgatæ editionis Concordantiæ.
*Lugduni,* 1726, in-4, v.

21. BOSSUET. Œuvres revues s. les manuscrits originaux et
les éditions les plus correctes. *Versailles, Lebel,* 1815-19,
43 vol. in-8, portr., dem.-rel., v. viol.

22. BOUGAUD (L'abbé). Etude historique et critique sur la
mission, les actes et le culte de Saint-Bénigne, apôtre de
la Bourgogne, et sur l'origine des églises de Dijon,
d'Autun et de Langres. *Dijon, s. d.,* in-8, dem.-rel.,
chagr. Lavall. — Histoire de Sainte-Chantal et des origines de la Visitation. *Paris,* 1861, 2 vol. in-8, dem.-rel.
chagr. br. — Histoire de Sainte-Monique. *Paris,* 1866,
in-8, portr., dem.-rel., fig., chagr. viol. — Ens. 2 vol.

23. BOUCHER (Jean). Sermons de la simulée conversion et
nullité de la prétendue absolution de Henry de Bourbon.
*Jouxte la copie imprimée à Paris chez G. Chaudière,*
1594. In-8, v. fauve. (*Rel. ancienne.*)

    Exemplaire de Girardot du Préfond, avec son ex-libris.

24. BOURDALOUE. Œuvres complètes. *Paris, Méquignon-

*Havard*, 1826, 16 vol. in-8, portr., veau viol., fers à froid et fil. sur les plats.

25. CÆREMONIALE EPISCOPORUM in II libros distributum. Clementis VIII et Innocentii X auctoritate recognitum a Benedicto XIII, in multis correctum, cura et studio Josephi Catalani. *Romæ, A. de Rubeis*, 1744, 2 vol. infol., fig., mar. rouge, larges dent. sur les plats, dos orn., dent. intér., tr. dor. (*Rel. ancienne.*)

> Bel exemplaire aux armes de Bouhier.

26. CATALOGUE DES ARCHEVECHEZ, evechez, abbayes et prieurez de nomination royale, leur revenu, charges déduites, la taxe de Rome ; les evéchez situez en pays d'obédience, etc., etc. *Paris*, 1734, in-8, v.

27. CHRYSOSTOMI (S. Patris nostri Joa.) archiepisc. Constantinopolitani, opera omnia quæ exstant, opera et studio D. Bern. de Montfaucon. *Parisiis, Gaume*, 1834-39, 13 vol. gr. in-8, dem.-rel., chagr. bleu, tr. marbr.

28. CLERGÉ DE FRANCE (Recueil des actes, titres et mémoires concernant les affaires du), augm. d'un grand nombre de pièces et d'observations sur la discipline présente de l'Eglise. *Paris*, 1768-71, 14 vol. in-4, v. marbr.

29. COLLECTARIUM seu liber Orationum ad usum insignis ecclesiæ collegiatæ B. Mariæ Virginis de Belna. *Belnæ, Fr. Simmonot*, 1735, in-4, v.

30. CONCILES. 5 vol. in-4, v.

> Histoire du Concile de Pise, par J. Lenfant. *Amsterdam*, 1724, 2 tom. en 1 vol., av. portraits. — Histoire du Concile de Trente, par Fra Paolo Sarpi, trad. par le Courayer. *Amsterdam*, 1736, 2 vol. — Histoire de la guerre des Hussites et du Concile de Basle, par J. Lenfant. *Utrecht*, 1731, 2 tom. en 1 vol. — Histoire du Concile de Constance, par J. Lenfant. (*Manque le titre.*) 1 vol.

31. CREUZER (Fr.). Religions de l'antiquité, considérées principalement dans leurs formes symboliques et mytho-

logiques, trad. de l'allem. par Guigniaut. *Paris*, 1825,
5 vol. in-8, dont 1 de planches, dem.-rel., v. ant.

32. DÉFENSEUR (Le), ouvrage religieux, politique et littéraire. *Paris*, 1820-21, 5 vol. in-8, dem.-rel., v. bleu.

Le premier volume ne porte pas de titre général.

33. DIEULIN (L'abbé). Le Guide des curés dans l'administration temporelle des paroisses. *Lyon*, 1844, 2 vol. in-8,
dem.-rel., v. vert.

34. DUPANLOUP (L'abbé). De la pacification religieuse,
quelle est l'origine des querelles actuelles, quelle en peut
être l'issue. *Paris*, 1845, in-8, dem.-rel., chagr. viol.

35. EVANGILES (Les Saints), traduction de Bossuet, illustrations d'après les dessins de Bida. *Paris, Hachette*, 1873,
2 vol. gr. in-fol., en cartons.

36. FÉNELON. Œuvres publ. d'après les manuscrits originaux et les éditions les plus correctes, avec un grand
nombre de pièces inédites. *Versailles, Lebel*, 1820-30,
27 vol. — Correspondance publiée pour la première fois
sur les manuscrits originaux et la plupart inédits. *Paris,
Ferra*, 1827-29, 11 vol. — Ensemble 38 vol. in-8, v. rac.,
dent.

37. GALLIA CHRISTIANA, in provincias ecclesiasticas distri-
buta qua series et historia archiepiscoporum, episcoporum
et abbatum Franciæ vicinarumque ditionum ab origine
Ecclesiarum ad nostra tempora deducitur, opera et studio
D. Sammarthani. *Parisiis*, 1716-85, 13 vol. in-fol., cartes,
v. marbr.

38. GODESCARD (L'abbé). Vies des Pères, des martyrs et des
autres principaux saints, trad. de l'anglais d'Alban Butler.
*Versailles, Lebel*, 1811, 13 vol. in-8, dem.-rel.

39. **Graduel de la Chartreuse de Dijon. In-fol., v.**

Manuscrit du XV<sup>e</sup> siècle sur vélin, avec musique notée ; très bien conservé. On y remarque surtout, dans le calendrier placé à la fin, des lettres ornées avec figures grotesques et grimaçantes comme on en voit dans les sculptures de certaines églises. Au recto du dernier feuillet on lit ces mentions, indiquant que ledit manuscrit a été exécuté en 1470 dans la Chartreuse même et collationné sur quatre manuscrits et sur un autre appartenant au couvent : *Correctus est super quatuor libros et cum illo qui fuit correctus in Cartusia. Iste liber est domus Sanctæ Trinitatis Ordinis Cartusiensis prope Divionem, qui completus fuit in dicta domo anno Do. M.ccccºlxxº.*

40. **Gratry.** Philosophie de la connaissance de Dieu. *Paris*, 1854, 2 vol. in-8, dem.-rel., v. fauve. — Philosophie, logique. *Paris*, 1855, 2 vol. in-8, dem.-rel., v. fauve. — Les sophistes et la critique. *Paris*, 1864, in-8, dem.-rel., chagr. vert. — Ens. 5 vol.

41. **Fleury,** abbé du Loc-Dieu. Histoire ecclésiastique. *Paris*, 1713-58, 37 vol. in-4, v.

42. **Grenade** (L. de). Œuvres spirituelles, trad. en franç. par Girard. *Paris*, 1690, in-fol., v.

43. **Hélyot** (Le P.). Histoire des ordres monastiques religieux et militaires, et des congrégations séculières de l'un et de l'autre sexe, qui ont esté establies jusqu'à présent, conten. leur origine, leur fondation, les vies de leurs fondateurs, etc. *Paris*, 1714-19, 8 vol. in-4, figures des différens habillemens des ordres, veau.

44. **Histoire des Papes,** depuis Saint-Pierre jusqu'à Benoît XIII inclusivement. *La Haye*, 1732-34, 5 vol. in-4, frontisp. grav., veau fauve.

45. **Heures manuscrites.** Pet. in-4, rel. en ais de bois, recouv. de v. br. estampé. (*Reliure du temps.*)

Beau manuscrit du XV<sup>e</sup> siècle sur vélin, avec bordures et miniatures. On y compte 11 miniatures d'une bonne facture de l'école française. Les marges blanches de quelques feuillets ont été coupées dans le bas, et d'autres feuillets qui devaient contenir des miniatures ont été enlevés. — Avec l'ex-libris du médecin P. Cochon.

46. Hue. Le Christianisme en Chine, en Tartarie et au Thibet. *Paris*, 1857, 3 vol. in-8, dem.-rel., chagr. viol.

47. Imitation de Jésus-Christ (De l'), trad. par Simonnot, suivie d'éclaircissemens et de remarques en forme de notes. *Dijon, Simonnot-Carrion*, 1838, in-8, orné de 5 gravures anglaises, dem.-rel., chagr. noir.

48. Jésuites (Réunion considérable de pièces et d'ouvrages concernant les). Ces pièces, pour ou contre les Jésuites, sont réunies en 28 volumes in-12, dem.-rel.

> Histoire de la Compagnie de Jésus. 1761. — Assertions soutenues et enseignées par les Jésuites. — Les Jésuites aux prises avec le Parlement de Besançon, avec le Parlement de Bordeaux, celui de Provence. — Apologie des Jésuites. — Affaires de Lioncy. — Etc., etc.

49. Jurieu. Histoire du Calvinisme et celle du Papisme, mises en parallèle contre l'histoire du P. Maimbourg. *Rotterdam*, 1683, 2 vol. in-4, v.

50. Kempis (Th. a) de Imitatione Christi lib. IV. *Lugd., ex off. Elzeviriana*, 1658, pet. in-12, frontisp. grav., chagr. noir.

51. Lacordaire. Vie de saint Dominique. *Paris*, 1841, in-8, portr., dem.-rel., chagr. viol.

52. Le Quien (Mich.). Oriens Christianus, in IV patriarchatus digestus quo exhibentur Ecclesiæ Patriarchæ cæterique præsules totius Orientis. *Parisiis, typographia regia*, 1740, 3 vol. in-fol., v. marbr.

> Ouvrage rare et fort recherché.

53. Maimbourg (Le P. L.). Histoire des Croisades pour la délivrance de la Terre Sainte. *Paris, Cramoisy*, 1676, 4 vol. in-12, v.

54. Maimbourg (Le P. Louis). Œuvres. *Paris, Cramoisy et Cl. Barbin*, 1674-86, 14 vol. in-4, frontispices gravés et portraits grav., v. marbr.

> Histoire de l'Arianisme. 1686, 2 vol. — Histoire des Iconoclastes. 1674.

Histoire de la décadence de l'Empire après Charlemagne. 1679. — Histoire des Croisades. 1686, 2 vol. — Histoire du Schisme des Grecs. 1677. — Histoire du Grand Schisme d'Occident. 1686. — Histoire du Luthéranisme. 1686. — Histoire du Calvinisme. 1682. — Histoire de la Ligue. 1683. — Histoire du pontificat de saint Léon le Grand. 1687. — Histoire du pontificat de S. Grégoire le Grand. 1686. — Traité historique de l'établissement et des prérogatives de l'Eglise de Rome. 1685.

55. MELUN (Vicomte de). Vie de M^lle de Melun (1618-1679). *Paris*, 1855, in-8, dem.-rel., chagr. Lavall.

56. MARTYROLOGIUM GALLICANUM in quo Sanctorum, Beatorumque ac Priorum plusquam octoginta millium, studio ac labore Andreæ Du Saussay. *Lutetiæ Parisior.*, *Seb. Cramoisy*, 1637, 2 vol. in-fol., mar. rouge, fil. à compart., tr. dor.

> Exemplaire en GRAND-PAPIER aux chiffres et aux armes de KENELM DIGBY, bibliophile du xviie siècle.

57. MONTALEMBERT (Le Comte de). Les moines d'Occident dep. saint Benoît jusqu'à saint Bernard. *Paris*, 1860-77, 7 vol. in-8, dem.-rel., chagr. viol.

58. PASCAL. Les Provinciales ou lettres écrites par Louis de Montalte (Blaise Pascal) à un provincial de ses amis avec les notes de Guill. Wendrock. *S. l.*, 1733, 3 vol. in-12, frontisp., v.

59. PETAU (Le P. Den.). De la Pénitence publique et de la préparation à la communion. *Paris*, *Cramoisy*, 1644, 2 part. en 1 vol. in-4, vél.

60. PONTEVOY (De). Vie du P. Xav. de Ravignan. *Paris*, 1860, 2 vol. in-8, dem.-rel., chagr. n. — POUJOULAT. Le P. de Ravignan, sa vie, ses œuvres. *Paris*, 1859, in-8, portr., dem.-rel., v. antiq. — Ens. 3 vol.

61. RACINE. Abrégé de l'histoire de Port-Royal. *Paris*, *Lottin*, 1767, in-12, mar. olive, dent., tr. dor.

62. SAINTE-BEUVE. Port-Royal. *Paris*, 1840-60, 5 vol. in-8, dem.-rel., veau vert.

63. SOULIER. Histoire des Edits de Pacification et des moyens que les prétendus Réformez ont employés pour les obtenir. *Paris*, 1682, in-8, v.

64. SPICILEGIUM SOLESMENSE complectens SS. Patrum scriptorumque Ecclesiasticorum anecdota hactenus opera selecta e Græcis Orientalibusque et Latinis codicibus publici juris facta curante Domno J. B. Pitra. *Parisiis*, 1852, 4 vol. gr. in-8, à 2 col., av. planches, v.

65. STATUTA ordinis Cartusiensis a domino Guigone priore Cartusie edita. (Prima, secunda et tertia compilatio). — Repertorium Statutorum Ordinis Cartusiensis per ordinem alphabeti. — Privilegia ordinis Cartusiensis et multiplex confirmatio ejusdem. *Finiunt Statuta Ordinis Cartusiensis feliciter impressa Basilee arte et industria magistri Johannis Amorbachii ac collegarum suorum impensis domus Sancti Johannis Baptiste prope Friburgum anno domini quingentesimo decimo supra millesimum (1510) ad 18 calendas februarias.* In-fol., rel. du temps en ais de bois, recouv. de v. br.

66. TRAPPE MIEUX CONNUE (La) ou aperçu descriptif et raisonné sur le monastère de la Maison-Dieu, Notre-Dame de la Trappe, près Mortagne, précéd. d'une introduct. par l'abbé Deguerry, etc. *Paris*. 1834. in-8, portrait et fac-similé, cart.

67. UNIVERSITÉ CATHOLIQUE (L'), revue religieuse, philosophique, scientifique et littéraire. *Paris*, 1835-39, 7 vol. gr. in-8, dem.-rel.

68. VIE D'ADAM (La) av. trad. de l'ital. de Loredano (par de Mailly). *Paris*, 1703. — Le véritable Père Joseph,

capucin, nommé au Cardinalat (par l'abbé Richard).
*Saint-Jean-de-Maurienne*, 1704. — Ens. 2 vol. in-12, v.

69. Vie de St Bruno (La), fondateur de l'Ordre des Chartreux, peinte au cloître de la Chartreuse de Paris par Le Sueur, gravée par Chauveau. *Paris, R. Cousinet, s. d.*, in-fol., v.

70. Vita D. Thomæ Aquinatis Othonis Vænii ingenio et manu delineata. *Antuerpiæ*, 1610, pet. in-fol., v. br.

   Suite de 30 estampes grav. en taille-douce.

71. Vita Jesu Christi e IV evangeliis et scriptoribus orthodoxis concinnata per Lud. de Saxonia ex ordine Carthusianorum editio noviss. studio et opera Bolard, Rigollot et Carnandet. *Parisiis et Romæ, Palmé*, 1865, in-fol., portr., cart. percal. noire.

## DROIT ANCIEN ET MODERNE. — DROIT ECCLÉSIASTIQUE.

72. Aguesseau (D'). Œuvres. *Paris*, 1759-84, 12 vol. in-4°, portr., v.

   Le tome X manque.

73. Arrêts et délibérations du Parlement de Dijon de 1684 à 1702. — 5 vol. in-fol., parch.

   Manuscrits en partie autographes de P. Legouz.

74. Argentré (B. d') Rhedonensis provinciæ præsidis commentarii in patrias Britonum leges, seu consuetudines generales antiquaos ducatus Britaniæ. *Parisiis*, 1646, in-fol., titre gravé, v.

75. Bacquet (J.) advocat du Roy en la chambre du Thrésor. Œuvres divisées en trois tomes. *Paris, A. L'Angelier*, 1603, in-fol., v. fauve. — Coquille (Gay), s[r] de Romenay. Œuvres cont. plus. traitez touchant les libertez de

l'Eglise gallicane, l'histoire de France et le droit français. *Bordeaux, Cl. Labottière*, 1703, 2 tomes en 1 vol. in-fol. v. — Ens. 2 vol.

76. Blackstone (W.). Commentaires sur les lois anglaises, avec des notes de Ed. Christian, trad. de l'angl. par Chompré. *Paris*, 1822, 6 vol. in-8°, dem.-rel., v. brun.

77. Bouhier. Œuvres de jurisprudence, recueillies et mises en ordre et avec des notes par Joly de Bévy. *Dijon, Frantin*, 1787, 2 vol. in-fol., portr., cart., non rogn.

78. Chassaneus. Consuetudines ducatus Burgundiæ, fereque totius Galliæ, cum commentariis. *Coloniæ Allobrog.*, 1616, in-fol. peau de daim.

79. Collet (Phil.). Explication des Statuts, coutumes et usages observés dans la province de Bresse, Bugey, Valromey et Gex, où sont rapportés les arrêts les plus importans rendus par le Conseil de sa Majesté et par le Parlement de Dijon. *Lion*, 1698, in-fol., v., m. — Revel (Ch.). L'usage des pays de Bresse, Bugey, Valromey et Gex. *Bourg-en-Bresse, J. Ravoux*, 1729, 2 tom. en 1 vol. in-4°, v. m. — Ens. 2 vol.

80. Corpus juris canonici Gregorii XIII Pont. max. jussu editum à P. Pithœo et Francisco fratre ad veteres codices manuscriptos restitutum, et notis illustratum, ex bibliotheca Claud. Le Peletier. *Parisiis*, 1687, 2 vol. in-fol., portr., grav., v.

81. Du Fresne (J.). Journal des principales audiences du Parlement avec les arrêts qui y ont été rendus, depuis 1622 jusqu'en 1722, *Paris*, 1723-54, 7 vol. in-fol., v. marbr.

82. Coutumes (Les) du pays et duché de Bourgongne, ensemble la réformation et ampliation d'icelles, avec autres

matières. *Imprimé à Dijon, J. des Planches*, 1580. —
Les ordonnances royaux constituées en Parlement de
Bourgogne, *Dijon, J. des Planches*, 1580. — Le Rè-
glement de la justice du pays et duché de Bourgongne
donné par la Cour de Parlement de Dijon 1559. *Dijon,
J. Des Planches*, 1580. Ens. 3 parties en 1 vol. pet.
in-8, v.

**83.** COUTUMES DE BOURGOGNE. 6 vol. in-4 et in-fol., rel.

> Du MOULIN (Ch.). Coustumes générales du pays et duché de Bour-
> gongne, avec les annotations de Bégat et de Deprinces. *Lyon*, 1665,
> in-4°, v. — Coutume générale du duché de Bourgogne avec le com-
> mentaire de Taisand. *Dijon*, 1697, in-4, v. m. — Coutume du duché de
> Bourgogne enrichie des remarques de Ph. de Villars, J. de Rougles, et
> J. Guillaume, anciens avocats au Parlem, de Dijon. *Dijon*, 1717, in-4, v.
> — Coutume générale du pays et duché de Bourgogne av. les observations
> de Franç Bretagne, Seigneur de Nan-sous-Thil, conseiller au Parlem. de
> Dijon, celles de Nic. Penier et des notes De La Mare et Jehannin.
> *Dijon*, 1736, in-4, v. — Coutumes du duché de Bourgogne avec les an-
> ciennes coutumes tant générales que locales de la même province non
> encore imprimées, et les observations de Bouhier. *Dijon*, 1742, 2 vol. in-
> fol., v. m.

**84.** COUSTUMES GÉNÉRALES (Les) des pays et duché de Berry
avec les annotations de Gabr. Labbé sʳ de Montveron.
*Paris, Nic. Buon*, 1608, in-4°, v. gr. — CATELLAN (J.
de) Observations sur les arrêts remarquables du Parlem.
de Toulouse. *Toulouse*, 1747, 2 tom. en 1 vol. in-4, v,
m.

**85.** RAVOT (Gabr.). Traités sur diverses matières de Droit
françois, à l'usage du duché de Bourgogne avec des notes
de J. Bannelier. *Dijon*, 1788, 4 vol. in-4°, cart.

**86.** DÉFENSES DE FOUQUET (Recueil des). *S. l. (Hollande)*
1665, 14 vol. pet. in-12, vélin.

**87.** DROIT ECCLÉSIASTIQUE, DIMES, RÉGALE, etc. — 9 vol.
en différ. formats, reliés.

> HÉRICOURT (L. de). Les loix ecclésiastiques de France dans leur ordre
> naturel et une analyse des livres du droit canonique conférez avec les

usages de l'Eglise gallicane. *Paris*, 1719, in-fol., v. m. — Code des curés
ou nouv. recueil des règlements concern. les dixmes, les portions con-
grues, etc. *Paris*, 1752. 3 vol. in-12, v. m. — Du Perray. Traité histor. et
chronolog. des dimes suivant les Conciles, constitutions canoniques, etc.
*Paris*, 1719, in-12, v. — Jouy. Principes et usages concern. les dîmes.
*Paris*, 1775, in-12, v. — Dunod. Traité de la main-morte et des retraites.
*Besançon*, 1733. In-4, v. — Aubery. De la Régale. *Paris, Cramoisi*,
1678. In-4, v. — Mémoires pour le clergé de France dans l'affaire des
foi et hommage. *Amsterdam*, 1785. — Réflexions sur les immunités ecclésiastiques considérées dans leurs rapports avec les maximes du droit
public. *Paris*, 1788. 2 part. en 1 vol. in-8, bas.

88. Droit moderne. Ouvrages divers. 10 vol. in-8 et in-4°
reliés.

> Poncet. Traité des jugemens. *Dijon*, 1822, 2 vol. in-8°, dem.-rel. —
> Dumay (Vict.). Commentaire sur la loi du 21 mai 1836 sur les chemins
> vicinaux avec un traité de l'alignement et de l'expropriation pour cause
> d'utilité publique. *Dijon*, 1844, 2 vol. in-8, dem.-rel., chagr. vert. — Du-
> mesnil. De l'organisation et des attributions des conseils généraux. *Paris*,
> 1843, 2 vol. in-8, dem. rel., chagr. viol., fil. — Delvincourt. Cours de
> droit civil. *Paris*, 1819. 3 vol. in-4, dem.-rel. — Code Napoléon, édition
> originale et seule officielle. *Paris*, 1810. In-8, dem.-rel., v. bleu.

89. Droit particulier. 5 vol. in-12, rel.

> Descodets et Goupy. Les loix des batimens suivant la coutume de
> Paris. *Genève*, 1752, 2 vol. in-12, v. — Code des chasses ou nouveau
> traité des droits de chasse. *Paris*, 1713. 2 vol. in-12, v. m. — Fournel.
> Traité de la séduction considérée dans l'ordre judiciaire. *Paris*, 1781.
> In-12, v. m.

90. Durand de Maillane. Les libertés de l'Eglise gallicane
prouvées et commentées suivant l'ordre et la disposition
des articles dressés par P. Pithou et sur les recueils de P.
Dupuy. *Lyon*, 1771, 5 vol. in-4°, v. marbr.

91. Gothofredi Conciliatio legum in speciem pugnantium
quas in notis ad Pandectas juris civilis D. Gothofredus
indicaverat, in concordiam adduxit D. G A. Struvius
editio nov. recensuit P. Pinel-Grandchamp. *Parisiis*,
1821, 3 vol in-8°, dem.-rel., v. br.

92. Le Poix de Fréminville. La pratique universelle, pour
la rénovation des Terriers et des droits seigneuriaux,

conten. les questions les plus importantes sur cette matière, et leurs décisions, tant pour les pays coutumiers, que ceux régis par le droit-écrit. *Paris*, 1746, 2 vol. in-4°, v. marbr. — BELLAMI. Traité de la perfection et confection des papiers terriers généraux du Roy, des apanages des princes, seigneurs, patrimoniaux, engagistes, domaniaux, etc. *Rouen*, 1746. In-4, v. — Ens. 3 vol.

93. LEGOUZ. Recueil de matières de droit par ordre alphabétique. 3 vol. — Institutes de Justinien trad. par P. Legouz. 1 vol. — Harangues et dissertations par P. Legouz. 1 vol. — Mémoires du Comte de Rouvre touchant son procès. 1 vol. — Ensemble 6 vol. in-fol. parch.
    Manuscrits de P. Legouz.

94. MARCULFI Monachi aliorumque auctorum formulæ veteres editæ ab Hieron. Bignonio ; accessit liber legis Salicæ olim editus à Fr. Pithœo. *Parisiis, Cramoisy*, 1665, 2 tom. en 1 vol. in-4°, v. — Karoli Magni et Ludovici Pii Capitula. *Parisiis*, 1640. In-8, v. — Ens. 2 vol.

95. MERLIN. Répertoire universel et raisonné de Jurisprudence. *Paris*, 1812-25, 17 vol. — Recueil alphabétique des questions de droit qui se présentent le plus fréquemment dans les tribunaux. *Paris*, 1819-20, 6 vol. — Ens. 23 vol. in-4°, dem.-rel., v. br.

96. PANDECTÆ JUSTINIANEÆ in novum ordinem digestæ cum legibus Codicis et Novellis, quæ jus Pandectarum confirmant, explicant aut abrogant. *Lugduni*, 1782, 3 vol. in-fol., v. marbr.

97. PRAGMATICA SANCTIO, cum glossis egregii, eminentisque scientiæ viri, Domini Cosme Guimier, Parisini, in supremo Parisiensi senatu inquestarum præsidis, etc. opera aut labore D. Philippi Probi Biturici. *Parisiis*,

*apud Galeotum à Prato*, 1546, in-8°, marque de Galliot
Du Pré à la fin, v. brun.

98. Néron (P.) et Girard (Est.) Les Edicts et ordonnances
de très chrestiens roys François I, Henri II, François II,
Charles IX, Henry III, Henry IV, Louis XIII et Louis
XIV sur le faict de la justice et abreviation des procez.
*Paris*, 1656, in-fol , v. — Louet (G.). Recueil d'aucuns
notables arrests donnez en la Cour de Parlement de Paris.
*Paris*, 1661. In-fol. v. marbr. — Muyart de Vouglans.
Les lois criminelles de France. *Paris*, 1780. In-fol., v.
m. — Ens. 3 vol.

99. Ordonnances des Roys de France, recueillies par
ordre chronologique, par de Laurière, Secousse, et autres. *Paris*, 1723-1814, 17 volumes in-fol. dont 1 de
tables, v.

100. Perrier (Franç ). Arrests notables du Parlement de
Dijon, avec des observations par Guill. Ravot. *Dijon*,
1735, 2 vol. in-fol., portr v. m. — Fevret (Ch.). Traité
de l'abus et du vrai sujet des appellations qualifiées d'abus.
*Lyon*, 1736, 2 tom. en 1 vol. in-fol., portr , v. m. —
Ens. 3 vol.

101. Pièces originales et procédures du procès fait à Ro-
bert-Fr. Damiens, tant en la prévôté de l'Hotel qu'en la
cour de Parlement (par Le Breton). *Paris, Simon,* 1757,
4 vol. in-12, v. m.

102. Procès du P. Girard et de la Cadière. Recueil des
mémoires ou factums qui ont paru pardevant le Parlement
de Provence pour et contre la demoiselle Catherine Cadière, F. Estienne Thomas Cadière, et messire Franç.
Cadière, ses frères, le P. Girard et le P. Nicolas. *Mar-
seille, Sibié,* 1731, in-fol., bas.
    Les premières pages sont fatiguées.

103. Proudhon. Traité du domaine public ou de la distinction des biens considérés principalement par rapport au domaine public. *Dijon*, 1833-34, 5 vol. — Traité du domaine de propriété ou de la distinction des biens considérés principalement par rapport au domaine privé. *Dijon*, 1839, 3 vol. —Ens. 8 vol. in-8, dem.-rel., v. bleu.

104. Recueil des déclarations, édits, lettres patentes et arrêts du Conseil d'Etat du Roi, enregistrés au Parlement de Dijon, depuis 1666 jusqu'à 1689. *Dijon, J. Ressayre, s. d.* (1690), in-4°, v. — Recueil des déclarations, édits, lettres patentes, etc., concern. l'administration des Etats de Bourgogne. *Dijon, Defay,* 1784, 2 vol. in-4, br. — Recueil d'édits, lettres-patentes, délibérations et ordonnances des élus-généraux des Etats de Bourgogne, triennalité de 1784 à 1787. *Dijon, Defay,* 1788. In-4, cart. — Précis des ordonnances, édits, etc., dont les dispositions sont le plus en usage dans le Parlement de Bourgogne (par Disson). *Dijon,* 1781, in-8, v. m., fil., tr. dor. — Ens. 5 vol.

105. Sirey. Recueil général des lois et des arrêts en matière civile, criminelle, commerciale et de droit public. *Paris.* 1800-1835, 35 vol. — Jurisprudence du xix⁰ siècle ou table vincennale par Sirey. *Paris,* 1821. — Table décennale alphabétique ou arrêts sommaires par Sirey. *Paris,* 1831. — Ens. 37 volumes, in-4°, dem.-rel.

106. Recueil général des lois, décrets, ordonnances, etc., depuis le mois de juin 1789 jusqu'au mois d'août 1830, annoté par Lepec avec des notices de Odilon Barrot, Vatimesnil, Ymbert. *Paris,* 1839-1874, 57 vol. in-8°, dont plusieurs de tables, dem.-rel , v. bleu.

107. Toullier. Le droit civil français suivant l'ordre du Code. *Paris,* 1824, 14 vol. in-8°, portr., dem.-rel. v. viol.

**PHILOSOPHIE. — SCIENCES DIVERSES. — BEAUX-ARTS.
ESTAMPES ET LIVRES A FIGURES.**

108. Ædes Barberinæ ad Quirinalem a Comite Hieron. Tetio Perusino descriptæ. *Romæ*, 1642. In-fol., fig., mar. rouge, fil. (*Reliure ancienne*).

109. Agriculture. Forêts. 8 vol. in-4° et in-8, reliés.

Thaer (A.). Principes raisonnés d'agriculture, trad. de l'allem. par Crud. *Paris*, 1811, 41 vol. in 4°, dem -rel., v. viol. — Crud (Le baron de). Economie de l'agriculture. *Paris*, 1820, in-4, dem.-rel., v. vert. — Noirot. Traité de la culture des forêts. *Paris* 183?. In-8, dem.-rel. — Dumont. Dictionnaire forestier. *Paris, an XI*, 2 tom. en 1 vol. in-8, dem.-rel., v. fauve. — Dubois. Méthode éprouvée avec laquelle on peut parvenir facilement et sans maître à connaître les plantes de l'intérieur de la France et en particulier celles des environs d'Orléans. *Orléans*, 1803. In-8, dem.-rel.

110. Aimé (E.). Les carrelages émaillés du Moyen Age et de la Renaissance précédés de l'histoire des anciens pavages, mosaïque, labyrinthes, dalles incrustées. *Paris*, 1859, in-4°, figures en noir et en couleur, dem.-rel., dos et coins ch. rouge, fil., tr. marbr.

111. Alembert (D'). Traité de Dynamique. *Paris*, 1758. — Essai d'une nouvelle théorie de la résistance des fluides. *Paris*, 1752. — 2 ouvrages in-4°, v. — Mairan (De). Traité physique et historique de l'aurore boréale. *Paris*, 1754. In-4°, v. m. — Ens. 2 vol.

112. Antiquarum Statuarum urbis Romæ, liber primus. *Philippus Thomassinus sculpsit. Sine anno.* — Ex antiquis Cameorum et gemmæ delineata liber secundus et ab Enea Vico Parmen. incis. D. Francisco Angelono devotionis ergo Philippus Thomassinus, d. d. — In-4, obl. vél.

113. Antiquæ Urbis splendor hoc est præcipua ejusdem Templa, Amphitheatra, Theatra, Circi, Naumachiæ,

Arcus triomphales, Mausolæa, etc., opera et industria
Jac. Lauri Romani in æs incisisa atque in lucem edita.
*Romæ*, 1612. In-4, obl., v.

114. Arago (Franç.). Œuvres complètes publiées par
Barral. *Paris*, 1854, 16 vol. in-8°, dem.-rel., chagr.
rouge.

115. Archimède. Œuvres trad. littéralement avec un com-
mentaire par Peyrard. *Paris*, 1807, in-4°, portr., cart.,
non rogn.

116. Aubry (Ch.). Histoire pittoresque de l'Equitation ancienne et moderne, publ. par Ch. Motte, lithographe.
*Paris*, 1833. Gr. in-fol , avec pl. lithogr., dem.-rel.,
mar. viol.

117. Blancheton (A.). Vues pittoresques des châteaux de
France. *Paris*, *s. date*. 2 vol. gr. in-fol., pl. lithogr.,
dem.-rel., mar. vert.

118. Broc de Segange (Du). La Faïence, les faïenciers et
les émailleurs de Nevers. 1863, in-4°, figures en noir et
en couleur, dem.-rel., dos et coins chagr. rouge, tr.
marb.

119. Brongniart et Riocreux. Description méthodique du
Musée céramique de la manufacture royale de porcelaine
de Sèvres. *Paris*, 1845, 2 vol. in-4°, dont 1 de planches,
dem.-rel., chagr. brun.

120. Brulliot. Dictionnaire des monogrammes, marques
figurées, lettres initiales, noms abrégés, etc , avec lesquels
les peintres, dessinateurs, graveurs et sculpteurs ont dé-
signé leurs noms. *Munich*, 1832-34. 3 vol. in-4, dem.-
rel., v. marbr., non rognés.

121. Chausierges. L'idée d'un Roy parfait, dans laq. on

découvre la véritable grandeur, avec les moyens de l'acquérir. *Paris*, 1723, in-12, v. — Institution d'un prince ou traité des qualitez, des vertus et des devoirs d'un souverain (par Duguet). *Leide*, 1739. 4 vol. in-12, v. — Ens. 5 vol.

122. CLARAC (C^le F. de). Musée de sculpture antique et moderne ou description historique et graphique du Louvre et de toutes ses parties. *Paris*, 1826-53. 6 vol. in 8 de texte. 6 vol. in-4 obl. de planches. — Ensemble 12 vol., dem.-rel., mar. rouge, non rognés.

123. CLÉMENT (Fél.). Histoire générale de la musique religieuse. *Paris*, 1860, in-8°, dem.-rel., chagr. bleu.

Envoi autographe signé de l'auteur.

124. COCHIN (Aug.). L'abolition de l'Esclavage. *Paris*, 1861, 2 vol. in-8°, dem.-rel., mar. rouge.

125. COLLECTION SAUVAGEOT dessinée et gravée à l'eau-forte par Edouard Lièvre, accompagnée d'un texte historique et descriptif par A. Sauzay. *Paris*, 1863, 2 vol. in-fol., dem.-rel., dos et coins de mar. rouge, non rogn.

126. COLUMNA ANTONIANA Marci Aurelii Antonini Augusti rebus gestis, insignis, aere incisa et in lucem edita cum notis ex declarationibus Jo. Petri Bellorii. *Romæ, s. anno*. In-fol., obl., mar. rouge, fil., tr. dor. (*Reliure ancienne*).

127. CUISINE DES PAUVRES ou collection des meill. mémoires qui ont paru depuis peu (par Varenne de Béost). *Dijon, Defay*, 1772, in-4°, cart.

128. DANIEL (le P.). Histoire de Milice Françoise, et les changemens qui s'y sont faits dep. l'établissement de la monarchie françoise dans les Gaules, jusqu'à la fin du

règne de Louis le Grand. *Amsterdam*, 1724, 2 vol. in-4°,
fig., veau.

129. Degerando. Histoire comparée des systèmes de philosophie considérés relativement aux principes de reconnais-
sances humaines. *Paris*, 1822, 4 vol. in-8°, dem.-rel.,
v. bleu.

130. De Piles. Abrégé de la vie des peintres, avec des
réflex. sur leurs ouvrages, et un traité du peintre parfait,
de la connaissance des desseins, et de l'utilité des estampes.
*Paris*, 1699, in-12, v. m. — Félibien. Des principes de
l'architecture, de la sculpture, de la peinture et des autres
arts qui en dépendent. *Paris*, 1676. In-4, v. — Ens.
2 vol.

131. Diderot et d'Alembert. Encyclopédie ou dictionnaire
raisonné des sciences, des arts et des métiers, par une
société de gens de lettres. *Paris*, 1751-65, 21 vol. in-fol.
— dont 4 vol. de planches, v. marbr., fil. — Supplément
à l'Encyclopédie ou dictionnaire raisonné des sciences,
des arts et des métiers, par une société de gens de lettres.
*Amsterdam*, *Marc-Michel Rey*, 1776-77, 12 vol. in-
fol. dont 8 de planches, cart., non rogn. Ensemble 33 volumes in-fol., rel. et cart.

132. Durande. Flore de Bourgogne ou catalogue des plantes
naturelles à cette province et de celles qu'on y cultive le
plus communément, avec l'indication du sol où elles
croissent, du temps de leur floraison, et de la couleur de
leurs fleurs. *Dijon*, *Frantin*, 1782, 2 vol. in-8°, dem.
rel.

133. Du Sommerard. Les arts au Moyen Age. *Paris*, 1838-
46, 5 vol. gr. in-8° de texte, dem.-rel., mar. Lavallière.
— Planches, 1 vol. — Albums en 10 séries, formant 5

vol. — Ensemble 6 vol. gr. in-fol., dem.-rel., mar. La Vallière.

134. ESTAMPES (Recueil d') en 1 vol. in-4, v. fauve (*Reliure du* XVII<sup>e</sup> *siècle*).

Ce recueil qui porte au commencement la signature du Dijonnais *Morisot* est ainsi composé : *Fontane diverse che si vedano nel alma citta di Roma et altre parte d'Italia delineate da Giov. Maggi... ad instanza di Gio. Domenico Rossi, 1645 (52 planches). — Prospettive diverse allo illustrissimo et reverendiss. Cardinal Sforza Mario Cartaro exc. Romæ, 1578 (21 pl.). — Ornamenti di Fabriche antichi e moderni dell alma citta di Roma con le sue dichiaratione fatti da Bart. Rossi Fiorentino ad instanza di Andrea della Vaccaria. Parte seconda. Roma, 1600 (14 pl.). — Speculum Patrum Eremi (14 pl.). Le Jardin des Sauterelles et Papillions ensemble la diversité des Mouches recuelli au servisce (sic) d'un chascun. Henri le Roy excudit (15 pl.). — Oiseaux divers (8 pl. non numérotées).* — LIVRE DE FLEURS *et de feuillies* (sic) *pour servir à l'art d'orfèvrerie invanté par François Lefebvre maistre orfèvre à Paris. Ballazar Montcornet, au faubourg S. Marcel, rue des Goblins. Avec privilège, 1635 (6 pl. non numérotées).* — Plus diverses autres planches isolées grav. par *P. Firens, P. de Jode, Michel Lasne, J. Picart, Le Blond,* etc.

135. ESTAMPES ET PORTRAITS (Recueil d') formé au XVII<sup>e</sup> siècle et contenant des pièces de Gérard de Jode, Philippe Galle, Goltzius, Bloemaert, Abraham Bosse, Rembrandt, Van Dyck, Daret, etc., en un vol. gr. in-fol., rel.

Recueil important. —On y trouve une soixantaine de portraits de Nanteuil et autres parmi lesquels il y a 9 portraits de Van Dyck à la manière noire, le portrait de Grotius à l'eau forte par Rembrandt, etc., des pièces historiques ou des scènes de mœurs par Abraham Bosse, soit isolées soit en suites, parmi lesquelles nous signalerons *La joye de la France dédiée au Roy Louis le Juste XIII de ce nom,* 1638; pièce en travers. — *Cérémonie observée au contrat de mariage passé à Fontainebleau en présence de leurs Majestés entre Wladislas IIII du nom Roy de Pologne et Louise Marie de Gonzague, princesse de Mantoue et de Nevers,* 1645, *desseignée et gravée à l'eau forte par A. Bosse, le 8<sup>e</sup> novembre 1645. — L'histoire de l'Enfant prodigue faicte par A. Bosse et se vend à Paris chez Le Blond. — La boutique du pastissier, Abraham Bosse et Melchior Tavernier. — La sage femme, l'accouchée, le retour du Baptesme, Faict par Abraham Bosse. — Graveurs en taille douce, au burin et à l'eau forte par A. Bosse,* 1643, etc., etc... On y remarque encore une suite de 17 gravures du temps relative à la représentation de divers opéras intitulée: *Feste theatrali reppresentate nel piccolo Bor-*

*bone in Parigi questo anno* 1645, *da Giacomo Tovelli inventore, etc.,*
etc... — Ces pièces ont été presque toutes contre-collées à l'époque même
de la reliure du volume.

136. EULERUS (L.). Methodus inveniendi lineas curvas
maximi minimive proprietate gaudentes sive solutio pro-
blematis isoperimetrici latinissimo sensu accepti. *Lausannæ*, 1744, 1 vol. — Introductio in analysim Infini-
torum. *Lausannæ*, 1748, 2 vol. — Institutiones Calculi
differentialis cum ejus usu in analysi finitorum ac doc-
trina serierum. *Petropoli*, 1755, 2 vol. — Institutiones
calculi integralis. *Petropoli*, 1768, 3 vol. — Mechanica
sive motus scientia analytica exposita. *Petropoli*, 1736,
2 vol. — Ens. 10 vol. in-4, br., le dernier relié en v.
fauve.

137. FIRENZE (Raccolta delle piu belle vedutte e prospettive
della citta di). *Firenze*, 1784. In-fol., obl., dem.-rel.,
toile.

138. FONTANE (Le) delle ville di Frascati nel Tusculano
con li loro prospetti. Parte seconda disegnate ed intagliate
da Gio. Batt. Falda. *Roma, Giac. de Rossi, s. d.* In-fol.,
obl., mar. rouge, fil., tr. dor. (*Reliure ancienne*).

139. GALERIA del Palazzo Farnese in Roma del Sereniss.
duca di Parma, etc..., dipinta da Annibale Caracci inta-
gliata di Carlo Cesio. *Romæ, Franc. Colignon formis.
sine anno.* In-fol., obl., v. br.

140. GALERIE électorale de Dusseldorf ou catalogue raisonné
et figuré de ses tableaux grav. par Chrét. de Méchel, texte
par Nic. de Pigage. *Basle*, 1778. In-4, obl., v. rac.

141. GARSAULT (A. de). Le nouveau parfait maréchal, ou
la connaissance générale et universelle du cheval. *Paris*,
1771, in-4, v. m. — Essai sur les Haras ou essai métho-

dique des moyens propres pour établir et faire prospérer les haras. *Turin*, 1769. In-8, fig., dem.-rel.

142. HÉBERT. Dictionnaire pittoresque et historique ou description d'architecture, peinture, sculpture, gravure, etc., etc. *Paris, Hérissant*, 1766, 2 vol. in-12, v.

Signature de l'auteur sur le titre.

143. HENCKEL (J.-F.). Pyritologie ou histoire naturelle de la Pyrite, ouvrage dans lequel on examine l'origine, la nature, les propriétés et les usages de ce minéral important, et de la plup. des autres substances du même règne. *Paris*, 1760, in-4, v. marbr.

144. HISTORIA septem infantium de Lara, authore Ott. Vænio. *Antuerpiæ*, 1612. In-4, obl., v. br.

Suite composée de 39 planches gravées s. cuivre.

145. HOSTE (P.). L'art des armées navales ou traité des évolutions navales qui contient des règles utiles aux officiers généraux et particuliers d'une armée navale ; avec des exemples tirez de ce qui s'est passé de plus considérable sur la mer depuis 50 ans. *Lyon*, 1697, in-fol., fig., bas.

146. ICONES et segmenta illustrium e marmore tabularum quæ Romæ adhuc extant à Francisco Perrier delineata, incisa et ad antiquam formam restituta. *A Paris, chez la veufve de deffunct Mons. Perier, rue des Fossés S^t Germain*, 1645. In-fol., obl., vél.

147. IMAGINES ILLUSTRIUM (Joa. Fabri in) ex Fulvii Ursini bibliotheca, Antuerpiæ à Theod. Gallæo expressas, commentarius. *Antuerpiæ, ex off. Plantiniana*, 1606, 2 parties en 1 vol. in-4, av. 168 planches de portraits, v. fauve.

148. JACQUEMART (A.) et LE BLANT (Edm.). Histoire artis-

tique, industrielle et commerciale ; enrichie de 26 planches gravées à l'eau-forte par Jules Jacquemart. *Paris*, 1862, gr. in-8, dem.-rel., chagr. vert, plats toile, tr. dor.

149. Jacquemart (A.). Histoire de la Céramique, étude descriptive et raisonnée de tous les temps et de tous les peuples. *Paris*, 1873, in-8, dem.-rel., chagr. rouge, plats toile, dos et plats orn. avec des fers spéciaux, tr. dor.

150. Jubinal (Ach.). Les anciennes Tapisseries historiées ou collection des monuments les plus remarquables de ce genre qui nous sont restés du Moyen-Age. *Paris*, 1838. In-fol., obl., fig., dem.-rel., mar. rouge, non rogné.

151. Labarte (J.). Histoire des arts industriels au Moyen Age et à l'époque de la Renaissance. *Paris*, 1864-66, 4 vol. in-8, dem.-rel., dos et coins mar. rouge, tête dor., non rogn. et 2 vol. de planches, in-4, mar. rouge, dent. s. les plats, dos orn., dent. intér., tr. dor.

152. Lacépède. Œuvres compren. l'histoire naturelle des quadrupèdes, ovipares, des serpents, des poissons et des cétacés. *Paris*, *Pillot*, 1830, 12 vol. in-8, portr. et fig. dem.-rel., v. bleu.

153. La Quintinye. Instruction pour les Jardins fruitiers et potagers avec un traité des orangers, suivy de quelques réflexions sur l'agriculture. *Paris, Cl. Barbin*, 1690, 2 vol. in-4, v. fauve, fil.

Aux armes de Ferrand.

154. Larmessin. Les augustes représentations de tous les Roys de France depuis Pharamond jusqu'à Louys XIIII. *Paris*, 1679. In-4, v. br.

155. Lavater. Essai sur la Physiognomonie destinée à faire

connoître l'homme et à le faire aimer. *La Haye*, 1783, 2 vol. in-4, fig., grand-papier, dem.-rel., bas. anc., non rognés.

156. Le Play (F.). Les ouvriers européens, études sur les travaux, la vie domestique et la condition morale des populations ouvrières de l'Europe. *Paris, Imprim. Impériale*, 1855. In-fol., dem.-rel., v. bleu.

157. Mairet (F.). Notice sur la lithographie, suiv. d'un essai sur la reliure et le blanchiment des livres et gravures. *Chatillon-sur-Seine, Cornillac*, 1824, in-12, fig., dem.-rel., v. r.

158. Mécanique. 9 vol. in-8, rel.

Christian. Traité de mécanique industrielle, ou exposé de la science de la mécanique déduite de l'expérience et de l'observation. *Paris*, 1822-25, 4 vol. dont 1 de planches, dem.-rel , v. rouge. — Nicholson. Le mécanicien anglais ou description raisonnée de toutes les machines, mécaniques, découvertes nouvelles, etc. 4 vol. in-8, avec 100 planches ; dem.-rel., v. bleu. — Edgeworth. Essai sur la construction des routes et des voitures. *Paris*, 1827. In-8, dem.-rel.

159. Médecine. 5 vol. in-8, rel. et br.

Fournier. Observations et expériences sur le charbon malin, avec une méthode assurée de le guérir. *Dijon, Defay*, 1769, in-8, br. — Maret. Mémoires sur les moyens à employer pour s'opposer aux ravages de la variole. *Paris*, 1780. In-8, v. — La vie de l'homme respectée et défendue dans ses dern. moments ou instruction sur les soins qu'on doit aux morts et à ceux qui paraissent l'être. *Paris*, 1787. In-8, dem.-rel., v. fauve. — Protat (Ed.). Elémens d'éducation physique des enfants et de médecine domestique infantile. *Paris*, an xiii. In-8, dem.-rel., v. vert. — Leroy (Alph.) Médecine maternelle ou l'art d'élever et de conserver les enfans. *Paris*, an xi. In-8, dem -rel., v. bleu.

160. Montaigne. Essais, av. des notes (par Coste). *Londres, J. Nourse*, 1739, 6 vol. in-12, portr., v. gran.

161. Newton (Is.). Arithmetica universalis sive de compositione et resolutione arithmetica, cum commentario Joh. Castillionei. *Amstelodami*, 1761, 2 vol. in-4, v.

162. Opéras (Recueil général des) représentez par l'Aca-

démie royale de Musique depuis son établissement (par Nic. de Francini). *Paris, Chr. Ballard,* 1703, 7 vol. in-12, fig., veau.

163. Palladio (Les bâtimens et les desseins de André), recueillis et illustrés par Octave Bertotti Scamozzi. *Vicence,* 1786. 3 vol. in-fol., cart., non rognés.

164. Pensées et réflexions. 7 vol. in-12, rel.

> Les Apophtegmes ou bons mots des anciens, tirez de Plutarque, Diogène, Laerce, etc. *Paris,* 1694. In-12, frontisp , v. — Perroniaua et Thuana. *Coloniæ Agrippinæ,* 1691. In-12, v. — La Rochefoucauld. Réflexions avec notes par Amelot de la Houssaye. *Paris,* 1725. In-12, v. — La Rochefoucauld. Pensées, maximes et réflexions morales avec notes, par l'abbé de la Roche. *Paris,* 1737. In-12, front. gravé, v. — Réflexions sur l'élégance et la politesse du style, par l'abbé de Bellegarde. *Paris,* 1695. In-12, v. — Réflexions sur le ridicule et sur les moyens de l'éviter. *Paris,* 1696. In-12, v. — Traité de la gloire par de Sacy. *Paris,* 1715. In-12, v.

165. Philostrate. Images ou tableaux de plate peinture mis en françois par Blaise de Vigenère, Bourbonnois. *Paris,* 1614. In-fol. réglé, fig. en taille-douce, v. br.

166. Physiologie du goût, ou méditations de gastronomie transcendante, ouvrage théorique, historique et à l'ordre du jour par un professeur (Brillat-Savarin). *Paris, Sautelet,* 1826, 2 vol. in-8, dem.-rel., v. vert.

167 Pinelli (Bart.). Le azioni piu celebrate del famoso cavaliere errante Don Chischiotte della Mancia. *Roma, S. a.* In-fol., obl., dem.-rel., v. antiq.

> Suite de 65 planches gravées.

168. Platon. Œuvres, trad. par Victor Cousin. *Paris,* 1822, 12 vol. in-8, dem.-rel., v. rouge.

169. Plutarchi Chæronei Ethica, seu moralia opuscula. *Parisiis, Vascosanus,* 1544, in-fol., v.

170. Portefeuille de dessins qui sont presque tous originaux. In-fol., cart.

> Recueil formé au siècle dernier. Le premier dessin est un plan donné
> pour l'entrée de l'Hôpital de Dijon, d'autres dessins à la plume sont
> des esquisses signées : Le Brun, Perelle, Gorée, Ferrand, Pietro di
> Cortone, etc...

171. Portraits (Petits), la plupart gravés par Desrochers
et cahiers de gravures des antiquités de Rome, de Tivoli,
de Pouzzoles, etc , en un portefeuille pet. in-fol., parch.

172. Portraits (Galerie de) pour Paul et Virginie et la
chaumière indienne grav. d'après les tableaux de Tony
Johannot et Meissonnier. *Paris, Curener, s. d.* 6 portraits avant lettre sur Chine monté en 3 livraisons in-4,
en feuilles.

173. Ptolomée de Dijon. La véritable connoissance des
tems ou des saisons, pour l'année 1717, av. des remarques curieuses sur des présages du tems, une suputation
du lever et du coucher du soleil, etc. *Dijon, J. Ressayre*
(1717), in-12, v.

174. Ramée (Joseph). Jardins irréguliers et maisons de
campagne. *Paris*, 1823. In-4, obl., en feuilles.

175. Reybaud (L.). Etudes sur les réformateurs ou socia-
listes modernes, Saint-Simon, Ch. Fourier, Robert
Owen. *Paris*, 1844, 2 vol. in-8, dem.-rel., v. rouge.

176. Riambourg (le présid.). Œuvres philosophiques publ.
par Th. Foisset. *Paris*, 1837, 3 vol. in-8, dem.-rel.,
chagr. viol.

177. Rusé (Laurent). La mareschallerie, ou sont contenuz
remèdes très singuliers contre les maladies des chevaux,
avec plus. figures de mots, en laq. y avons adiousté un
autre traicté de remèdes ; le tout nouvellement reveu, cor-

rigé et augmenté sus un viel original. *Paris, A. Perier*,
1610, figures sur bois. — Traicté de la manière de bien
emboucher, manier, et ferrer les chevaux, avec les figures
des mors de bride, tours et maniemens et fers qui y sont
propres, faict en langage italien par le s<sup>r</sup> César Fiaschy,
gentilhom. Ferrarois et n'aguères tourné en françois avec
le pourtraict du cheval et remèdes de ses maladies. *Paris,
A. Périer*, 1611, figures sur bois. — L'Escuirie du s.
Federic Grison, gentilhomme napolitain, en laq. est mons-
tré l'ordre et l'art de choysir, donter, piquer, dresser et
manier les chevaux, tant pour l'usage de la guerre, qu'autre commodité de l'homme, avec figures de diverses formes
de mors de bride, grav. s. bois, naguères traduicte d'Italien en françois, et nouvellement reveue et augmentée.
*Paris, A. Périer*, 1610, 3 ouvrages en 1 vol. in-4, vél.
Livre rare en parfait état.

178. Saint-Martin (De). Des Erreurs et de la Vérité, ou
les hommes rappelés au principe universel de la science.
*Edimbourg*, 1782, in-8°, v.

179. Sciences occultes (Notes sur le danger des). 1816.
Cahier in-4°, manuscrit.

180. Silhon (le s<sup>r</sup> de). Le ministre d'Estat avec le véritable
usage de la politique moderne. *Amsterdam, A. Michiels*,
1661, pet. in-12, v. — Mémoires touchant les ambassadeurs et les ministres publics par L. M. P. (le ministre
prisonnier, c'est-à-dire Wicquefort). *Cologne, P. du
Marteau*, 1676. Petit in-12, v. — Mémoires des intrigues
de la Cour de Rome dep. 1669 jusqu'en 1676 (par l'abbé
Pageaux). *Paris*, 1677. In-12, v. — Ens. 3 vol.

181. Spallanzani. Opuscules de Physique animale et vé-
gétale, trad. de l'Italien par J. Senebier. *Genève*, 1777,
2 vol. in-8°, v. — Thénard. Traité de Chimie élémen-

mentaire, théorique et pratique. *Paris*, 1827, 5 vol. in-8, dem.-rel., v. vert. — Ens. 7 vol.

182. SWERTII Florilegium tractans de variis floribus et aliis indicis plantis ad vivum delineatum in II partibus et IV linguis concinnatum. *Francof. ad Mœn.*, 1615, 2 parties en 1 vol. in fol., frontisp., portr. et nombr. figures de plantes, v. m.

183. THÉORIE des quatre mouvements et des destinées générales. *Leipzig*, 1808, in-8, br. — De l'Esprit des choses ou coup d'œil philosophique sur la nature des êtres et sur l'objet de leur existence, ouvrage dans lequel on considère l'homme comme étant le mot de toutes les énigmes par le Philosophe inconnu (Saint-Martin). *Paris*, an 8, 2 vol. in-8, dem.-rel. — Doctrine de S^t-Simon. *Paris*, 1830. In-8, dem.-rel. — Ens. 4 vol.

184. THONINS (Gabr.). Plans raisonnés de toutes les espèces de jardins. *Paris*, 1820. In-fol., fig. lithogr., cart.

185. TŒPFFER (R.). Réflexions et menus propos d'un peintre genevois. *Paris*, *V. Lecou*, 1853. In-12, dem.-rel.

186. USAGE DES STATUES (De l') chez les anciens, essai historique (par de Guasco). *Bruxelles*, 1768, in-4°, fig., v. marbr.

187. VASARI (G.). Vie des plus célèbres peintres, sculpteurs, architectes, trad. par Jeanron et Léop. Leclanché. *Paris*, 1839-42, 10 vol. in-8°, dem.-rel., chagr. viol.

188. VEDUTE delle fabriche piazze et strade fatte fare nuovamente in Roma, date in luce con dirrettione e cura di Gio. Jacomo Rossi, messe in prospettiva, disegnate et intagliate da Gio. Batt. Falda da Valduggio. *Roma*, 1665. 2 part. en 1 vol. in-fol., obl., mar. rouge, fil., tr. dor. (*Reliure ancienne*).

189. VERONA (Fabbriche diverse et antichita di). *Sans lieu ni date*. In-fol., dem.-rel., toile.

Suite de 31 planches gravées au xviiiᵉ siècle.

190. VIETÆ (Franç.) Opera Mathematica in unum volumen congesta ac recognita opera atque studio Fr. a Schooten. *Lugd. Batavorum, ex offic. Bon. et A. Elzeviriorum*, 1646, in-fol., fig., v.

191. VUES de villes par Perelle, Collignon, de Lincler et autres. — En un vol. in-4, obl., v. br.

Angers, Saumur, Grenoble, Nantes, etc...

192. WINKELMANN. Storia delle arti del disegno, tradotta dall'ablate Carlo Fea. *Roma*, 1783. 3 vol. in-4º, fig., dem.-rel., v. bleu.

## LINGUISTIQUE. — POÉSIE. — THÉATRE. — LITTÉRATURE. VARIÉTÉS ET MÉLANGES. — BIBLIOGRAPHIE.

193. ADAM (Maître), menuisier de Nevers. Les Chevilles, seconde édition, augmentée par l'auteur. *Rouen, J. Cailloué*, 1654, in-8º, vél.

194. ÆSCHYLI ET SOPHOCLIS tragœdiæ et fragmenta grœce et latine. *Parisiis, Didot*, 1842. — EURIPIDIS fabulæ (gr.-lat.), recognovit Theob. Fix. *Parisiis, Didot*, 1844. — Ens. 2 vol. gr. in-8, br.

195. AUTEURS DRAMATIQUES. 9 vol. in-12, rel.

QUINAULT. Œuvres. *Paris, G. de Luyne*, 1659, 2 vol. in-12, v. — PALAPRAT. Œuvres. *Paris*, 1694, in-12, v. — CAPISTRON. Œuvres. *Paris*, 1698, pet. in-12, v. — CRÉBILLON. Œuvres. *Paris*, 1737, 2 vol. in-12, v. — CAMPISTRON. Tragédies. *Paris*, 1707, in-12, fig., v. — CORNEILLE (Th.). Poèmes dramatiques. *Paris*, 1714, 2 vol. in-12, fig., v.

196. AUTEURS DU XVIIᵉ SIÈCLE. — 4 vol. in-12 et in-4, rel.

VOITURE. Œuvres. *Paris*, 1686, 2 tom. en 1 vol. in-12, portr. et frontisp.

grav., v. — Balzac. Entretiens. *Paris, Courbé*, 1660, pet. in-12, front. gravé, v. — Villedieu (Mad. de). Fables ou histoires allégoriques. *Paris, Cl. Barbin*, 1670, in-12, v. — Saint-Evremont. Œuvres meslées. *Paris, Cl. Barbin*, 1690, in-4, v.

197. Auteurs divers. 9 vol. in-8 et in-12, rel.

La Chapelle. Œuvres. *Paris*, 1700, 2 vol. in-12, v. — Fontenelle. Œuvres. *Paris*, 1724, 3 vol. in-8, portr et fig., v. — Rousseau. Œuvres diverses. *Amsterdam*, 1734, 2 vol. in-12, v. — Marmontel. Bélisaire. *Paris*, 1767, 2 vol. in-12, front. et fig , v.

198. Avenir (L'), journal politique, scientifique et littéraire. Du n° 1, samedi 16 oct. 1830 au 12 juillet 1831. — 269 n°ˢ en 2 vol. in-fol., cart.

199. Bard (Le chevalier Joseph). Les Mélancoliques. *Paris, Eug. Renduel*, 1832. — Le Pélerin, poème élégiaque en 6 chants par l'auteur des Mélancoliques (Jos. Bard). *Paris*, 1832. — Notre-Dame de Fourvières, inspiration lyrique dédiée à la piété lyonnaise, par J. Bard. *Lyon, L. Perrin*, 1832. — Ens. 2 vol. in-8, dem.-rel , v. rouge, non rogn.

200. Belleau (Remy). La Bergerie, divisée en une première et seconde journée. *Paris, Gilles Gilles*, 1572. 2 parties en 1 vol. in-8, vél.

201. Bernardin de Saint-Pierre. Œuvres complètes, édition revue par Aimé-Martin. *Paris*, 1826, 12 vol. in-8, fig , dem.-rel., v. rouge, tr. marbr.

202. Bibliothèque de feu M. Fleutelot, conseiller au Parlement de Dijon. *Paris, André Pralard*, 1693, in-12, vél.

203. Boccacio (Giov.). Il Decamerone di nuovo emendato secondo gli antichi essemplari. *Vinegia, Giolito de Ferrari*, 1546, in-4, veau fauve, tr. dor.

204. Boccace (J.). Le Décaméron, trad. d'ital. en françois par Ant. Le Maçon. *Rouen*, 1670, 2 vol. in-12, v.

205. BOSSUET, FLÉCHIER et autres. Discours et oraisons
funèbres en éditions originales. Recueil factice du
temps ; in-4°, v.

Discours prononcez à l'Académie françoise le 2 janvier 1685. *Paris,
P. Le Petit*, 1685. — Sermon presché à l'ouverture de l'assemblée générale du clergé de France le 9 novemb. 1681 à la messe du S. Esprit, dans
l'église des Grands-Augustins, par J.-B. Bossuet. *Paris, Léonard*, 1682.
— Lettre pastorale de Mgr l'evesque de Meaux aux nouveaux catholiques de son diocèse pour les exhorter à faire leurs Pasques. *Paris,
Cramoisy*, 1686. — Oraison funèbre de Marie-Thérèse d'Autriche, infante
d'Espagne, reyne de France et de Navarre. *Paris, A. Dezallier*, 1683. —
Oraison funèbre de Henriette-Anne d'Angleterre, duchesse d'Orléans,
prononc. à St-Denis par J.-B. Bossuet, évêq. de Condom. *Paris, Cra-
moisy*, 1670. — Oraison funèbre du prince Louis de Bourbon, prince de
Condé, prononc. en l'église Nostre-Dame de Paris par Bossuet. *Paris,
Cramoisy*, 1687. — Oraison funèbre de Louis de Bourbon, prince de
Condé, prononcé à Paris en l'église de la Maison Professe par le
P. Bourdaloue. *Paris, Et. Michallet*, 1687. — Oraison funèbre de très
haut et puissant prince Henry de La Tour-d'Auvergne, vicomte de
Turenne, prononc. à Paris en l'église des Carmélites par J Mascaron,
évêque et vicomte de Tulle. *Paris, J. Dupuis*, 1676. — Oraison funèbre
de Henri de La Tour-d'Auvergne, vicomte de Turenne, par Fléchier,
abbé de Saint-Severin. *Paris, Cramoisy*, 1676. — Oraison funèbre de
Michel Le Tellier, prononc. dans l'église paroissiale de S. Gervais par J.-B.
Bossuet. *Paris, Cramoisy*, 1686. — Oraison funèbre de messire Michel
Le Tellier, prononc dans l'église de l'Hostel royal des Invalides par
Fléchier. *Paris, Cramoisy*, 1686. — Oraison funèbre de messire Hardouin de Pérétixe de Beaumont, archevesque de Paris, prononc. dans
l'église de Paris par J.-L. de Fromentières, abbé de St Jean-du-Jard.
*Paris, Fr. Léonard*, 1671. — Oraison funèbre de Madame Marie de
Wignerod, duchesse d'Aiguillon, prononcée en l'église des Carmélites
par Fléchier. *Paris, Cramoisy*, 1675. — Oraison funèbre du premier
président Lamoignon, prononc. à Paris dans l'église de S. Nicolas du
Chardonnet par Fléchier. *Paris, Cramoisy*, 1679.

206. BOILEAU-DESPRÉAUX. Œuvres, av. des éclaircissemens
historiques, donnez par lui-même. *Genève*, 1716, 2 tom.
en 1 vol. in-4, portr. et fig., v.

207. BOUCHET (Guill.), Sr de Brocourt. Troisième livre des
Serées *Paris, Adr. Perier*, 1598, in-12, vél.

208. BRIFAUT (Ch.). Œuvres, publ. par M. Rives. *Paris*,
1858, 6 vol. in-8, dem.-rel., mar. bleu.

209. Brosses (Le président de). Histoire des lettres et des Parlements, par Th. Foisset. *Paris*, 1842, in-8 tiré in-4, grand-papier vélin, portr. sur Chine, dem.-rel., mar. vert. — Correspondance de Voltaire et du président de Brosses. *S. l., n. d.* (*Tirage à part* sur grand-papier vélin *de l'édition Beuchot*). In-4, dem.-rel., mar. rouge. — L'Italie il y a cent ans ou lettres écrites d'Italie il y a cent ans par Ch. de Brosses, publ. par R. Colomb. *Paris*, 1836, 2 vol. in-8, dem.-rel., v. vert. — Ens. 4 vol. in-4 et in-8.

210. Bullet. Mémoires sur la langue celtique. *Dijon*, 1754, 3 vol. in-fol., v. marbr.

211. Byron (Lord). Œuvres, trad. par Améd. Pichot. *Paris, Furne*, 1830, 2 vol. in-8, portr., dem.-rel., veau fauve.

212. Buffon. Correspondance inédite, publ. par Nadault de Buffon. *Paris*, 1860, 2 vol., dem.-rel., chagr.

213. Brugnot (Ch ). Poésies. *Dijon, veuve Brugnot*, 1833, in-8, portr., dem.-rel., v. vert. — Quarré (Antoinette), de Dijon. Poésies. *Paris*, 1843, in-8, dem.-rel , v. antiq — Ens. 2 vol.

214. Brunet. Manuel du libraire et de l'amateur de livres. *Bruxelles*, 1821, 4 vol. — Nouvelles recherches bibliographiques pour serv. de supplément au Manuel du Libraire par Brunet. *Paris*, 1834, 3 vol. — Ens. 7 vol. in-8, dem.-rel., v. vert. (*Bel exemplaire.*)

215. Camoens. La Lusiade, poème héroïque sur la découverte des Indes orientales, trad. du portugais par Duperron de Castera. *Paris*, 1735, 3 vol. in-12, fig., v.

216. Catalogue de la bibliothèque de M. le président Le Gouz, achevé au mois d'avril 1737. — Paraphé par moy

notaire royal soussigné et inventorié le 23 décembre 1744.
A. Molle. — In-fol., v. marbr.

MANUSCRIT DU XVIII<sup>e</sup> SIÈCLE, composé de 282 ff d'une très bonne écriture.

217. CATALOGUE des livres imprimés de la bibliothèque de la ville de Besançon. Histoire et Belles-Lettres. *Besançon*, 1842-46, 2 vol in-4, dem.-rel., chagr. rouge.

218. CATALOGUES DE BIBLIOTHÈQUES. 7 vol. in-8, rel.

Catalogue des livres de la bibliothèque du duc de La Vallière, par G. de Bure. *Paris, De Bure*, 1783, 3 vol. in-8, portr., dem.-rel., mar. vert. — Bibliotheca Fayana. *Parisiis, G. Martin*, 1725, in-8, portr., cart. (*Avec les prix*). — Catalogue des Lvres précieux de la bibliothèque du comte de Mac-Carthy Reagh. *Paris, De Bure*, 1815, 2 vol. in-8, cart, non rogn. — Catalogue raisonné des manuscrits de la bibliothèque de Genève, par J. Senebier *Genève*, 1779, in-8, dem.-rel., v. marbr.

219. CHAMPOLLION. Précis du système hiéroglyphique des anciens Egyptiens sur les premiers élémens de cette écriture sacrée. *Paris*, 1828, 2 vol. in-8, mar. rouge.

220. CHATEAUBRIAND. Œuvres complètes. *Paris, Lefèvre*, 1830-31, 20 vol. in-8, portr., dem.-rel., dos v. rouge.

221. CHATEAUBRIAND Mémoires d'Outre-Tombe. *Paris*, 1849, 12 vol. in-8, dem.-rel., chagr. noir.

222. CHATEAUBRIAND. Les amis de la liberté de la Presse. *Paris*, 1827, in-8, dem.-rel, v. vert. — Essai sur la littérature anglaise. *Paris*, 1836, 2 vol. in-8, dem.-rel., chagr. vert. — Congrès de Vérone, guerre d'Espagne, négociations, colonies espagnoles. *Paris*, 1838, 2 vol. in-8, dem.-rel., chagr. vert. — Etudes ou discours sur la chute de l'Empire Romain, la naissance et les progrès du Christianisme et l'invasion des Barbares. *Paris*, 1831, 4 vol. in-8, dem.-rel., chagr. vert. — Ecrits politiques. De Buonaparte, des Bourbons et de la nécessité de se rallier à nos princes légitimes pour le bonheur de la

France, etc... *Dijon*, 1814, in-8, dem.-rel. — Ens.
10 vol.

223. CHATELAIN DE COUCY (L'histoire du) et de la Dame de
Fayel, publ. d'apr. le manuscr. de la biblioth. du Roi et
mise en franç. par Crapelet. *Paris, Crapelet*, 1829, gr.
in-8, pap. vélin, cart., non rogn.

224. CHEVREUL (Henri), de Dijon. Ouvrages de lui ou publiés par lui, 12 vol. rel.

> Hubert Languet. Editions de 1852 et de 1856. 2 vol. in-8, dem.-rel. et
> vél. bl. — La Chasse royale du Roi Charles IX, éditions de 1856, 1857
> et 1859, 3 vol. pet in-8, vél. bl. — Traité de la Vénerie, par Budé. *Paris,*
> 1861, pet. in-8, vél. bl. — La Chasse, poème par Ch. Perrault. *Paris,* 1862.
> — Estat de l'Empire de Russie, par le capitaine Margeret, éditions de
> 1857 et de 1860, 2 vol. pet. in-12, dem.-rel., vél. bl. et v. fauve.

225. CHRONIQUES FRANÇOISES de Jacques Gondar cler publ.
par F. Michel suivies de recherches sur le style par Ch.
Nodier. *Paris, L. Janet, s. d.*, petit in-8°, avec figures
miniaturées, reliure en velours rouge estampé, renfermé
dans un étui de mar. vert.

226. CICERONIS orationes interpretatione et notis illustravit
C. de Merouville ad usum Delphini. *Parisiis*, 1684, 3
vol. in-4°, v.

227. COMBAT DE TRENTE BRETONS (Le) contre 30 Anglais
publ. d'apr. le manuscr. de la bibliothèque du Roi par A.
Crapelet. *Paris, Crapelet*, 1827, gr. in-8°, pap. de Holl.,
frontisp. grav., et fig. d'armoiries, cart. à la Brad., non
rogn.

228. COMTE DE CHARNY (Le) dédié aux Bourguignons.
*Paris, Delaunay*, 1829, in-8°, dem.-rel., v. vert.

229. CONDILLAC. Cours d'études pour l'instruction du prince
de Parme. *Londres*, 1776, 16 vol. in-12, v.

230. CONSERVATEUR (Le). *Paris*, 1818-20, 6 vol. in-8°, dem.-rel., veau vert.

231. CONVERSATIONS (Les) de M. D. C. E. D. C. D. M. (M. de Clérambault et du Chevalier de Méré). *Paris, Cl. Barbin*, 1669, in-12, v. br.

Edition originale.

232. COOPER (Fenimore). Œuvres, trad. par Defauconpret. *Paris, Furne*, 1830, 11 vol. in-8°, dem.-rel., v. bl., tr. marbr.

233. CORNEILLE (Th.). Poëmes dramatiques. *Imp. à Rouen et se vendent à Paris, A. Courbé et Guill. de Luyne*, 1661, 2 vol. in-8°, frontisp. et figures, v.

234. CORNEILLE (P.). Théâtre, avec des commentaires et autres morceaux intéressans. *S. l.*, 1776, 10 vol. in-8°, frontisp. et figures, veau éc., fil., tr. dor.

235. CRÉBILLON (De). Œuvres. *Paris, Imp^{ie} Royale*, 1750, 2 vol. in-4°, frontisp. et fleuron s. le titre par Boucher, gr. par Ph. Le Bas, veau fauve.

236. DANCOURT. Œuvres. *Paris, Ribou*, 1706-08, 7 vol. in-12, musique notée, veau fauve.

237. DESMARETZ. L'Ariane ou sont contenues les avantures de Mélinte, Palamède, Epicharis, etc., avec plus. particularités concern. le règne de Néron. *Paris*, 1724, 3 vol. in-12, frontisp. et figures, v.

238. DICTIONNAIRES. 3 vol. in-fol. et in-4° reliés.

. DICTIONARIUM, seu latinæ linguæ Thesaurus, non singulas modo dictiones continens, sed integras quoque latine et loquendi, et scribendi formulas. *Parisiis, ex off. Rob. Stephani*, 1536, in-fol. v. — DANET. Dictionnaire français et latin enrichi des meill. façons de parler en l'une et l'autre langue *Lyon*, 1713. In-4°, br. — MÉNAGE. Dictionnaire étymologique de la langue française. *Paris*, 1694. In-fol., v.

239. Douze Dames de Rhétorique (Les) publ. pour la prem. fois d'après les manuscrits par L. Batissier. *Moulins*. 1838. In-4, fig., dem.-rel., v. viol., non rogné.

240. Du Cange. Glossarium ad scriptores mediæ et infimæ latinitatis. *Lutetiæ Paris.*, 1678, 3 vol. in-fol., v.

241. Du Cange. Glossarium ad scriptores mediæ et infimæ Græcitatis. *Lugduni*, 1688, 2 vol. in-fol., frontisp., v.

242. Du Deffand (M^me). Correspondance inédite précéd. d'une notice par le M^is de Sainte-Aulaire. *Paris.* 2 vol. in-8°, dem.-rel.

243. Du Verdier (Ant.), S^r de Vauprivas. Bibliothèque conten. le catalogue de tous ceux qui ont escrit. ou traduict en français et autres dialectes de ce royaume, etc. *Lyon, Honorat.* 1585, in-fol., v.

244. Editions microscopiques. Phædri fabulæ et Publii Syri sententiæ. *Paris., ex typogr. Regia*, 1729. In-24, mar. rouge, fil., doublé de tabis, tr. dor. — Quinti Horatii Flacci opera omnia recensuit Filon. *Parisiis*, 1828, in-64, v. fauve, fil., tr. dor. — De Imitatione Christi libri IV. *Lugduni, sumptib. P. Beuf (Imprimerie de Didot).* 1829. In-32, pap. vél., mar. bleu, fil. dent., tr. dor. — Ens. 3 vol.

245. Elzévirs (Edition des). 13 vol. pet. in-12 et in-24. v. et vél.

Senecæ opera, 1649, 3 vol. — Florus, 1658. — Cicero de Officiis, 1642. Caesar, 1635. — Clément Marot, 1700, 2 vol. (2^e tirage). — etc , etc.

246. Encomium Morize, Stultitiæ laus, Des. Erasmi declamatio. *Basileæ*, 1676, avec fig. à l'eau-forte d'après Holbein, dans le texte. In-8, vél. — Imitatio Christi. *Parisiis, Barbou*, 1764. In-12, fig.. v. m., fil.. tr. dor. — Jac. Vanierii Prædium rusticum. *Parisiis, Delalain*.

1817. In-12, front. par Gravelot, v. m , tr. dor. (A *la reliure des Barbou*). — Q. Horatii Flacci poëmata. *Aus-
dienis, Couret de Villeneuve*, 1767. In-12, v. éc., fil.,
tr. dor. (*avec le cachet d'Amanton*). — Ens. 4 vol.

247. ERASME. Eloge de la Folie, trad. du latin par Gueudeville. *S. l.*, 1751, in-12, frontisp. grav. et fig. v.

248. FEIJOO (Dom B. Jérôme). Théâtre critique ou discours
différens sur toutes sortes de matières pour détruire les
erreurs communes. *Paris*, 1742, 3 vol. in-12, vélin.

249. FÉNELON. Les Aventures de Télémaque fils d'Ulysse.
*Paris, Imp^{ie} de Monsieur*, 1790, 2 vol. gr. in-8°, figures
par Cochin et Moreau le Jeune, mar. vert, doublé de
moire, dos orn., dent. intér., tr. dor. (*Rel. ancienne*).

250. FÉNELON. Dialogues sur l'éloquence en général et sur
celle de la Chaire en particulier. *Paris, Estienne*, 1718,
in-12, v. — Education des filles, *Paris*, 1696. In-12, v.
Ens. 2 vol.

251. FOISSET (Th.). Ouvrages divers, 4 vol. in-8, dem.-
rel.

Le président de Brosses, histoire des lettres et des Parlements au
xviii^e siècle. *Paris*, 1842. — Correspondance inédite de Voltaire avec
Frédéric II, le président de Brosses et autres personnages, publ. par Th.
Foisset. *Paris*, 1836. — M. Frantin, *Dijon*, 1864 — Causes secrètes de
la chute de Charles le Téméraire.

252. FOUDRAS (M^{is} de). Fables et apologues. *Paris*, 1839,
in-8°, dem.-rel. v. rouge. — La Comtesse Alvinzi. *Paris*,
1844, 2 vol. in-8, dem.-rel.. toile. — Le Décaméron des
bonnes gens. *Paris*, 1843. In-8, dem.-rel., toile. —
Ensemble 4 vol.

253. GAGES DE BATAILLE (Cérémonie des) selon les constitutions du bon roi Philippe de France, représentées en 11
figures. suiv. d'instr. s. la manière dont se doivent faire

empereurs rois, ducs, marquis, comtes, etc., av. les avise-
mens et ordonnances de guerre publ. d'apr. le manuscrit
de la Biblioth. du Roi par Crapelet. *Paris, Crapelet,*
1830, gr. in-8°, pap. vélin, av. fac-simile, cart., non
rogn.

254. GAUTIER (Théophile). La Comédie de la Mort. *Paris,
Desessart,* 1838, in-8°, frontisp., dem.-rel., mar. noir.

255. GIRART DE ROSSILLON (Le Roman en vers de très ex-
cellent, puissant et noble homme), jadis duc de Bourgogne,
publ. pour la prem. fois par Mignard. *Dijon,* 1858, gr.
in-8, dem.-rel., dos et coins de mar. orange, non rogné.

Bel exemplaire en GRAND-PAPIER DE HOLLANDE.

256. GOUDELIN (P.). Le Ramelet Moundi long-tens a cres-
cut d'un broutou et noubel d'un segoun broutou, que ben
de sesplandi dins aquesto darniero impressiu. *Toulouso,
Colomiez,* 1637, in-12, vél.

Edition rare. — L'exemplaire est en mauvais état avec des taches et
des déchirures.

257. GUIRAUD (Alex.). Césaire, révélation. *Paris, Levavasseur,* 1830, 2 vol. in-8°, veau fauve, ornem. s. les plats,
tr. m. — ROMIEU (A.). Proverbes romantiques. *Paris,
Ladrocat,* 1827. In-8, dem.-rel. — Ens. 2 vol.

258. GUIZOT. Œuvres diverses. 19 vol. in-8, dem. rel.

Du gouvernement de la France. *Paris,* 1820. — Des moyens de gouvernement et d'opposition. *Paris,* 1821. — Vie, correspondance et écrits
de Washington. *Paris,* 1840. 4 vol. — De la démocratie en France. *Paris,*
1849. — Washington, fondateur de la République des Etats-Unis d'Amérique. *Paris,* 1851, 2 vol. — Etudes biographiques sur la Révolution
d'Angleterre. *Paris,* 1851. — Monk, chute de la République et rétablissement de la monarchie en Angleterre en 1660. *Paris,* 1851. — Histoire de
la République d'Angleterre et de Cromwell 1649-1658. *Paris,* 1854. 2 vol.
— Histoire du protectorat de Rich. Cromwell et du rétablissement des
Stuart, 1658-1660. *Paris,* 1856, 2 vol. — La Chine et le Japon, mission du
comte d'Elgin. *Paris,* 1860. 2 vol. — L'Eglise et la société chrétienne en
1861. *Paris,* 1861. — Méditations sur l'essence de la religion chrétienne.
*Paris,* 1864.

259. Guziana. Remarques tirées de diverses conversations.
— In-fol. parch.

Manuscrit autographe de P. Le Gouz.

260. Henri VIII. Lettres à Anne Boleyn av. la trad. précéd. d'une notice historique sur Anne Boleyn. *Paris, Crapelet, s. d.*, gr. in-8°, pap. de Holland., portr., non rogn.

261. Homeri Ilias latino carmine reddita a P. Le Gouz. — 2 vol. parch. et un autre non relié. — Ensemble 3 vol. in-fol.

Manuscrit autographe de P. Le Gouz. Le texte grec est en face de la traduction. Les deux volumes reliés comprennent les dix-sept premiers livres de l'Iliade : le volume non relié n'est pas complet et comprend les livres xviii à xxii.

262. Horatii carmina, expurgata, notis ac perpetua interpretatione illustravit Jos. de Jouvancy. *Parisiis*, 1696. 3 vol. in-12, v. — Horace de la traduct. de M. de Martignac. *Paris*, 1684. 2 vol. in-12, v. — Ens. 5 vol.

263. Horace. Œuvres en latin et en français avec des remarques critiques et histor. par Dacier. *Paris*, 10 vol. in-12, frontisp., v. fauve.

264. Hugo (Victor). Odes et ballades. *Paris, Ch. Gosselin*, 1829, 3 vol. in-8°, portr., dem. rel., dos et coins veau rouge.

265. Hugo (Victor). Les feuilles d'automne. *Paris, Renduel.* 1832, in-8°, dem.-rel. — Cromwell, drame. *Paris, Dupont*, 1828. In-8, dem.-rel., dos et coins de v. viol. Ens. 2 vol.

266. Jacob (Ludovici) de claris scriptoribus lib. III. *Parisiis, Cramoisy*, 1652, in-4°, vél.

267. Journal asiatique (Nouveau) ou recueil de mémoires,

d'extraits et de notices relatifs à l'histoire, à la philosophie, aux langues et à la littérature des peuples orientaux,
rédigé par Burnouf, Chézy, Coquebert de Montbret, etc.
*Paris*, 1828, 2 vol. in-8, dem.-rel.

268. JOURNAL DES SÇAVANS, années 1687 à 1697 inclus.
*Paris, J. Cusson*, 1687-97, 11 vol. — Années 1726 et
1729. 2 vol. — Ens. 11 vol. in-4, v.

269. LABÉ (Louize) Lionnoise. Œuvres (publ. par Cochard).
*Lyon, Durand et Perin*, 1824, in-8, vélin bl.

270. LA FONTAINE. Poëme du Quinquina et autres ouvra-
ges en vers. *Paris, Thierry et Cl. Barbin*, 1682, in-12,
(*Edition originale*). — LA FONTAINE. Les amours de
Psyché et Cupidon. *Paris, Cl. Barbin*, 1701. In-12, v.
— Ens. 2 vol.

271. LA FONTAINE. Fables illustrées par J.-J. Grandville.
*Paris, Fournier*, 1838, 2 vol. in-8, dem.-rel., chagr.
Lavall., non rogn.

272. LAMARTINE (Alph. de). Méditations poétiques. *Paris*,
1820. In-8, dem.-rel.

273. LAMARTINE (A. de). Œuvres. *Paris, Gosselin*, 1832,
4 vol. in-8, portr. et fig., dem.-rel., dos et coins mar.
viol., fil., ébarb.

On a relié dans le premier vol. une PIÈCE DE VERS AUTOGRAP. E signée
de Lamartine, adressée à Ch. Nodier.

274. LAMARTINE (A. de). Souvenirs, impressions, pensées
et paysages pendant un voyage en Orient. 1832-33, ou
note d'un voyageur. *Paris, Gosselin*, 1835, 4 vol. in-8,
portr., cartes, dem.-rel., dos et coins, mar. viol., fil.,
ébarb.

275. LAMARTINE (A. de). Harmonies poétiques et religieuses.

*Paris, Gosselin*, 1830, in-8, dem.-rel. v. fauve. — Joce-lyn. *Paris, Gosselin*, 1836, 2 vol. in-8, dem.-rel., dos et coins, mar. viol., fil., non rogn. — Raphaël, pages de la vingtième année. — Confidences. *Paris, Perrotin*, 1849, 2 vol. in-8, dem.-rel. v. rouge. — La chute d'un Ange, épisode. *Paris, Gosselin*. 1838. 2 vol. in-8, dem.-rel., chagr. vert. — Ens. 7 vol.

276. LAMENNAIS. Œuvres. *Paris*, 1817-23, 6 vol. in-8, dem.rel. — Œuvres posthumes. *Paris*, 1859, 2 vol. in-8, dem.-rel., v. vert. — Ens. 8 vol.

277. LA NOUE (De). Discours politiques et militaires. *Basle, Fr. Forest*, 1587, in-4, rel. en peau de daim.

278. LA SUZE (la comtesse de). Recueil de pièces galantes, en prose et en vers. *Paris, G. Quinet*, 1674, 4 vol. in-12, v.

279. LA SUZE (Comtesse de). Recueil de pièces galantes en prose et en vers par la comtesse de La Suze et de M. Pe-lisson. *Lyon, Cl. Rey*. 1695, 4 vol. in-12, v.

280. LAY DE PAIX. Cy commence le lay de paix (à la fin). *Cy finist le Iay de paix. S. l., n. d.*, in-4, pap. de Holl., dem.-rel., v. r., non rogn.
Réimpression en caractères gothiques, tirée à 15 exemplaires seule-ment.

281. LECLERCQ (Th.). Proverbes dramatiques. *Paris*, 1823, 7 vol. in-8, dem.-rel., v. brun.

282. LE GOUZ (P.). Recueil de vers françois. — P. Le Gouz carmina latina. — Notæ Græcæ P. Le Gouz. — Ens. 3 vol. in-fol., vél.
Manuscrits autographes de P. Le Gouz.

283. LETTRES. 10 vol. in-4° et in-12, rel.
CARDINAL D'OSSAT. Lettres au Roy Henry le Grand et à M. de Villeroy

depuis 1594 jusques à l'année 1604. *Paris*, 1624, in-4, vél. (*Mouillures et piqûres*). — Patin (Guy). Lettres choisies. *La Haye*, 1715, 3 vol. in-12, v. — Lettres juives ou correspondance phi'osophique, historique et critique entre un Juif voyageur à Paris et ses correspondants en divers endroits (par le Marquis d'Argens). *La Haye*, 1734, 3 vol. in-12, v. fauve. — Boursault. Lettres nouvelles. *Paris*, 1722, 3 vol. in-12, v.

284. Livre mignard ou la Fleur des Fabliaux. *Paris, L. Jannet, s. date.* In-12, fig. coloriées et miniaturées, dem.-rel., non rogné.

285. Longi Pastoralium de Daphnide et Chloe libri IV (græce) cum proloquio de libris eroticis antiquorum (a P. M. Paciaudi). *Parmæ, ex regio typographeio (Bodoni)*, 1786. In-4, dem.-rel., dos et coins de v. vert, non rogné.

286. Lorris (Guill. de) et J. de Meun. Le Roman de la Rose, revu sur plusieurs éditions et sur quelques anciens manuscrits. *Paris*, 1735-37, 3 vol. — Analyse du Roman de la Rose (par Lantin de Dameray). *Dijon, Sirot*, 1737. 1 vol. — Ens. 4 vol.

287. Maistre (Xav. de). Œuvres complètes. *Paris*, 1828, 2 vol. in-8°, fig., dem.-rel., dos et coins de veau antiq.

288. Mélanges. 14 vol. in-12 et in-8, rel.

 Arnaud et Lancelot. Grammaire générale et raisonnée de Port-Royal. *Paris*, 1803, in-8°, dem.-rel. — Dictionnaire néologique à l'usage des beaux esprits (par l'abbé Desfontaines). *Amsterdam*, 1728. In-12, v. — Pelisson. Histoire de l'Académie françoise. *Paris*, 1700. In-12, v. — L'Académie de l'ancienne et de la nouvelle éloquence. *Lyon*, 1666. 2 vol. in-12, frontisp. gravé, v. — Voyage forcé de Bécafort hypocondriaque. *Paris*, 1769. In-12. v. — Entretiens de l'autre monde sur ce qui se passe dans celui-ci. s. d. In-12, v. r. — Jungerman. Entretiens des ombres aux Champs-Elysées (par Bruzen La Martinière). *Amsterdam*, 1723, 3 vol. — Trois siècles (Les) de notre littérature (par l'abbé Sabatier). *Amsterdam*, 1772. 3 vol., dem.-rel., v. antiq., non rognés. — Juvenalis et Persii Satyræ. *Amstelod, Blaeu*, 1668 Pet. in-12, front. gravé, v.

289. Mérimée. La Jacquerie et scènes féodales suivies de la famille de Carvajal, drame. *Paris. Brissot-Thivars*,

1828, in-8°, dem.-rel. veau. — 1572. Chronique du temps de Charles IX. *Paris, Mesnier*, 1829. In-8, dem.-rel., v. antiq. — Théâtre de Clara Gazul, comédienne espagnole. *Paris, Fournier*, 1830. In-8, dem.-rel. — Ens. 3 vol.

290. MIGNARD. Ouvrages divers. 4 vol. in–8 et in-12 rel.

Histoire de l'idiome bourguignon et de sa littérature propre. *Dijon*, 1856. In-8, dem.-rel., v. viol. — Biographie du général Testot-Ferry, vétéran des armées républicaines et impériales (1792-1815). *Dijon*, 1859. In-8, dem.-rel., dos et coins de mar. rouge (*exemplaire sur papier de Hollande*). — Le Roman en vers de Girart de Rossillon, jadis duc de Bourgogne, publié par Mignart *Dijon*, 1858. Gr. in-8, dem.-rel., mar. viol. — Éloge de Jean Frantin. *Dijon*, 1864. In-8, dem.-rel., vél. bl. — Noëls d'Aimé Piron. *Dijon*, 1858. In-12, dem.-rel., vél. bl.

291. MILLE ET UN JOURS (Les). Contes persans trad. en françois par Pétis de la Croix. *Paris, Cl. Barbin*, 1710, 3 vol. — Les mille et un quarts d'heure, contes tartares (par Gueulette). *Paris*, 1715. 2 vol., fig. — Ens. 5 vol. in-12, v.

292. MOLIÈRE. Œuvres reveues, corrigées et augmentées (publ. par Vinot et La Grange). *Paris, D. Thierry et Cl. Barbin*, 1682, 8 vol. in-12, fig. de Brisart et Sauvé, v. brun.

Exemplaire grand de marges dans sa première reliure uniforme et bien conservée. — Le bas du titre du tome 8 est déchiré.

293. MONTALEMBERT (De). Œuvres diverses, discours, polémiques, etc. *Paris*, 1860, 5 vol. in-8°, dem.-rel., chagr. bleu.

294. MORALITÉ DE MUNDUS, Caro, Demonia. — Farce de 2 savetiers. *Paris*. 1827, in-12, allongé en forme d'agenda, cart. non rogn.

Réimpression à 100 exempl.

295. MUSSET (Alfr. de). Contes d'Espagne et d'Italie. *Paris, Levavasseur*, 1830, in-8°, dem.-rel., v. rouge.

296. NAULT, ancien procureur général. Ouvrages divers. 4 vol. in-8, dem.-rel.

Pensées diverses de littérature et de philosophie. *Dijon*, 1856. — Une esquisse de Beaumarchais et souvenirs de la musique. *Dijon*, 1854. — Omer et Denis Talon. *Dijon*, 1855. — M. de Chateaubriant. *Dijon*, 1850 — Style de Pascal. *Dijon*, 1852. — Bellart). *Dijon*, 1856. — Eloge historique de M. Nault, par Foisset. *Dijon*, 1856.

297. NETTEMENT (Alfr.). Histoire de la littérature française sous la Restauration. *Paris*, 1853, 2 vol. in 8°, dem.-rel., veau viol.

298. NODIER (Ch.). Histoire du roi de Bohème et de ses sept châteaux. *Paris, Delangle frères*, 1830 In-8, vignettes s. bois dans le texte, dem.-rel., chagr. viol.

299. OBSERVATEUR ANGLOIS (L') ou correspondance secrète entre Milord All'eye et Milord Alle'year (par Pidansat de Mairobert). *Londres, J. Adamson*, 1778, 7 vol. in-12, v.

300. PALISSOT. Œuvres. *Paris, Imp{ie} de Monsieur*, 1788, 4 vol. in-8°, portr. et figures, veau éc., dent., tr. jasp.

301. PAPILLON. Bibliothèque des auteurs de Bourgogne. *Dijon*, 1745, 2 vol. in-fol., portr., v.

302. PARIS ou le livre des cent-et-un. *Paris, Ladvocat*, 1831-33, 10 vol. in-8°, dem.-rel., v. vert.

303. PARNASSE (Le) des plus excellens poètes de ce temps (par d'Espinelle). *Paris, Matth. Guillemot*, 1607, in-12, frontisp. grav., vélin.

304. PAS D'ARMES DE LA BERGÈRE (Le) maintenu au tournoi de Tarascon ; publ. d'apr. le manuscr. de la Bibliothèq. du Roi. *Paris, Crapelet*, 1828, gr. in-8°, frontisp., cart. à la Brad., non rogn.

305. PASQUIER (Estienne). Œuvres contenant ses recherches de la France, ses lettres, ses œuvres meslées et ses lettres

de Nicolas Pasquier fils d'Estienne. *Amsterdam*, 1723. 2 vol. in-fol., v. marbr.

306. Passerat (Jean) lecteur et interprète du Roi. Recueil des œuvres poétiques. *Paris, A. L'Angalier*, 1606, 2 parties en 1 vol. in-8°, vél.

Bel exemplaire dans sa première reliure.

307. Peignot (G.). Dictionnaire critique, littéraire et bibliographique des principaux livres condamnés au feu. *Paris*. 1806. 2 vol. in-8, v.

308. Peignot (G.). Manuel du Bibliophile. *Paris*, 1823, 2 vol. in-8, dem.-rel. — Essai historique sur la liberté d'écrire chez les anciens et au Moyen-Age. *Paris*, 1822. — L'illustre Jaquemart de Dijon par P. Bérigal (Gabr. Peignot). *Dijon*, 1832, 2 ouvr. rel. ensemble. — Lettres de Gabr. Peignot à son ami P.-N. Baulmont. *Dijon*, 1857. — Ens. 4 vol. in 8, dem.-rel.

309. Peignot. Amusemens philologiques ou variétés en tous genres. *Dijon*, 1824, in-8, dem.-rel. — Catalogue d'une nombreuse collection de livres anciens proven. de la bibliothèque de Gabr. Peignot. *Paris*, 1852. In-8, dem.-rel., toile pleine.

310. Peignot (Gabr.). Histoire de la Passion de Jésus-Christ, composée en 1490 par le R. P. Olivier Maillard publ. en 1828. comme monument de la langue française au XV<sup>e</sup> siècle av. une notice sur l'auteur, et des notes. *Paris, Crapelet*, 1828, gr. in-8, pap. vél., cart. à la Brad., non rogn.

Envoi autographe signé de Peignot.

311. Peignot. Histoire morale, civile, politique et littéraire du Charivari depuis son origine vers le IV<sup>e</sup> siècle, par le D<sup>r</sup> Calybariat de S<sup>t</sup>-Flour, suivie d'un complément jus-

qu'en 1833, par Eloi-Chr. Bassinet. *Paris*, 1833, in-8, dem.-rel.

312. Peignot (Gabr.). Opuscules extraits de divers journaux, revues, recueils littéraires, etc , dont il n'a été fait aucun tirage à part, par Milsand. *Paris, Techener*, 1863, in-8, portr., dem.-rel., chagr. vert. — Lettres à son ami P. Baulmont mises en ordre et publ. par Emile Peignot, son petit-fils. *Dijon*, 1857. In-8, portr. et fac-simile, dem.-rel. — Ens. 2 vol.

313. Pétrone. Poème sur la guerre civile entre César et Pompée avec deux épîtres d'Ovide, le tout trad. en vers franç. avec des remarques (par le présid. Bouhier). *Amsterdam*, 1737, in-4, v. fauve. — Virgile. Les amours d'Enée et de Didon, poème trad. par le présid. Bouhier. 1742. In-12, v. — Ens. 2 vol.

314. Piron (Alexis). Œuvres complètes publ. par Rigoley de Juvigny. *Paris, Lambert*, 1776, 7 vol. in-8, portrait, br.

315. Piron (Aimé). Noëls en partie inédits avec glossaire et musique des airs les plus anciens, publ. par Mignard. *Dijon*, 1858. In-12, dem.-rel., vél. bl. — Piron (Alexis). Lettres à M. Maret (publ. par Henri Joliet). *Lyon, L. Perrin*, 1860. — Pet. in-8, vél. bl., fil. — Ens. 2 vol.

316. Plautus ex fide, atque auctoritate complurium librorum Mss. opera D. Lambini emendatus, ab eodemque commentariis explicatus. *Lutetiæ*, 1577, in-fol., v.

317. Plaute. Comédies, trad. en franç. av. des remarques par Mlle Le Fèvre (depuis Madame Dacier). *Paris, D. Thierry et Cl. Barbin*, 1683, 3 vol. in-12, v. — Térence. Comédies trad. en françois avec des remarques par Mme D*** (Dacier). *Paris, D. Thierry*, 1688. 3 vol. — Ens. 6 vol. in-12, v.

318. Plinii (C.) Secundi Novocomensis Epistolarum libri X, Panegyricus et alia. *Venetiis, in œdib. Aldi et Andreæ Asulani,* 1516. In-8, v. tr. dor. (*Reliure du XVI<sup>e</sup> siècle*).

Exemplaire du Président de Brosses avec son ex-libris.

319. Plutarque. Œuvres, trad. du grec par J. Amyot, avec des notes et des observations de l'abbé Brotier. *Paris, Cussac,* 1783-87, 22 vol. in-8, frontisp. et fig. dem.-rel., veau viol., tr. marbr.

320. Poètes Bourguignons. 4 vol. in-8 et in-12, rel.

Poésies d'Antoinette Quarré de Dijon. *Dijon,* 1843. In-8, dem.-rel., chagr. rouge. — Poésies de Charles Brugnot. *Dijon,* 1833. In-8, portr., dem.-rel., v. rouge. — Poésies de Jules Guillemin. *Chalon-S.-S.,* 1833. In-12, cart., dos de toile. — Fables et poésies diverses par Bressier. *Paris,* 1837. In-12, dem.-rel.

321. Poètes chrétiens (Les) depuis le iv<sup>e</sup> siècle jusqu'au xv<sup>e</sup>, morceaux choisis, trad. et annotés par Félix Clément. *Paris,* 1857, in-8, dem.-rel., veau vert.

322. Poètes du XVII<sup>e</sup> siècle. 7 vol. pet. in-8 et in-12, vél.

Chevreau. Poésies. *Paris,* 1656, pet. in-8, vél. — Sarasin. Œuvres. *Rouen et Paris, Aug. Courbé,* 1658. In-12, portr., v. (*Signature de Guichenon sur le titre*). — Poésies nouvelles et autres œuvres galantes de M. de C*** (Cantenac). *Paris,* 1661. In-12, front. gravé, v. — Marigny. Œuvres en vers et en prose. *Paris,* 1674. In-12, front. gravé, v. — Courtin. Poésies chrétiennes, Charlemagne pénitent ; les IV fins de l'homme, etc. *Paris,* 1687. In-12, v. — Benserade. Œuvres. *Paris,* 1697. 2 vol. in-12, front. gravé, v.

323. Poètes du XVII<sup>e</sup> siècle. 3 vol. in-4 et in-12, rel.

Saint-Amant (Le s<sup>r</sup> de). Œuvres. *Lyon, Ant. Bonard,* 1696, in-12, v. — Brébeuf. Pharsale de Lucain trad. en vers. *Paris,* 1670. In-12, fig., v. — Hierusalem délivrée, poème héroïque du Tasse, trad. en vers françois par Le Clerc. *Paris, Cl. Barbin,* 1667. In-4, fig., v.

324. Poètes françois (Les) depuis le xii<sup>e</sup> siècle jusqu'à Malherbe avec une notice historique et littér. sur chaque poète. *Paris, Crapelet,* 1824, 6 vol. in-8, dem.-rel., veau rouge.

325. POETI ITALIANI (I quattro) con una scelta di poesie italiane dal 1200 sino a nostri tempi publicati da A. Buttura. *Parigi, Lefèvre*, 1833, gr. in-8, frontisp. grav., cart. percal. verte, non rogn.

326. PORNOGRAPHE (Le) ou idées d'un honnête homme sur un projet de réglement pour les prostituées, propre à prévenir les malheurs qu'occasionne le publicisme des femmes (par Restif de la Bretonne). *Londres*, 1769, in-8, br. non rogn.

327. POT-POURRI. — In-fol., cart.
> MANUSCRIT DU XVIII<sup>e</sup> SIÈCLE composé de 308 pages. — Ce sont des chansons, des pièces de vers satiriques, etc., etc.

328. PRINCE DE LIGNE. Œuvres choisies, littéraires et militaires. *Genève*, 1809, 4 vol. in-8, dem.-rel., v. viol.

329. PROVINCIAL (Le) recueil périodique, déd. à 85 départemens. *Dijon*, 1828, 54 n<sup>os</sup> en 1 vol. in-4, dem.-rel., vél. blanc.

330. RABELAIS. Œuvres publ. sous le titre de faits et dits du géant Gargantua et de son fils Pantagruel. *Amsterdam, Bordesius*, 1711. 5 tom. en 3 vol. pet. in-8, frontisp., cartes, veau fauve, fil.

331. RACAN (Les Bergeries de M<sup>re</sup> Honorat du Bueil, chevalier, s<sup>r</sup> de). *Paris. Guignard*, 1635, in-8, vél.

332. RECHERCHES DES RECHERCHES (Les) et autres œuvres d'Est. Pasquier pour la defense de nos Roys, contre les outrages, calomnies, et autres impertinences dudit autheur (par le P. Garasse). *Paris*, 1622, in-8, vél. — DU VAIR. Œuvres comprises en 5 parties. *Rouen*, 1617. In-8, vél. — Ens. 2 vol.

333. RECUEIL chois. de harangues, remonstrances, pané-

gyriques, oraisons funèbres, plaidoyers et autres actions publiques les plus curieuses de ce temps. *Paris, G. de Luyne*, 1656, in-4, v. — RECUEIL des harangues prononcées par MM. de l'Académie françoise dans leurs réceptions et en d'autres occasions différentes. *Paris, J.-B. Coignard*, 1698. In-4, v. — DE VAUMORIÈRE (De). Harangues sur toutes sortes de sujets avec l'art de les composer. *Paris*, 1713. In-4, v. (*Mouillures*). — Ens. 3 vol.

334. RECUEIL de poésies, latines et françoises et d'épitaphes qui ont été faites pour M. Santeuil, chanoine de S¹ Victor, depuis qu'il est mort et qu'il a été enterré à S¹ Estienne de Dijon en 1697 et même depuis que son corps a été transporté le 10 oct. 1697 dans l'Egiise de S. Victor à Paris. *Dijon, Cl. Michard*, 1698, in-4, br.

335. RECUEIL des plus beaux vers de MM. de Malherbe, Racan, Maynard, Bois-Robert, Monfuron, Lingendes, Touvant, Motin, de L'Estoille et autres divers auteurs des plus fameux esprits de la Cour. *Paris, T. du Bray*, 1630, in-8, vél.

336. RECUEIL des plus beaux vers qui ont esté mis en chant avec le nom des autheurs (par de Bacilly). *Paris, Bailard*, 1668, 2 vol. in-12, v. v.

337. RECUEIL des plus belles pièces des poètes françois tant anciens qne modernes, dep. Villon jusqu'à Benserade. *Paris, Cl. Barbin*, 1692, 5 vol. in-12, v.

338. RECUEIL de pièces choisies tant en prose qu'en vers (publ. par de La Monnoye). *La Haye*, 1714, 2 vol. in-12, v. — RECUEIL de quelques poésies morales par M. L. A. R. D. (l'abbé Regnier-Desmarais). *Paris*, 1700, pet. in-8, vél. — BERNARD (Le P. D.). Odes morales sur plus. ve-

ritez de la religion, avec des cantiques, des pseaumes et des maximes pour la conduite du Roy. *Paris*, 1722, in-12, v. fauve, tr. dor.

339. REGNARD. Œuvres; édit. revue, exactement corrigée et conforme à la représentation. *Paris, Maradan*, 1790, 4 vol. in-8°, portr., figures, v. éc., fil., tr. marbr.

340. RÉGNIER. Satyres et autres œuvres. avec des remarques. *Londres*, 1730, in-4°, frontisp. et fleuron s. le titre, in-4°, v. fauve.

341. RENOUARD. Annales de l'imprimerie des Alde, ou histoire des trois Manuce et de leurs éditions. *Paris*, 3 vol. in-8°, portr., dem -re.l, v. rouge, n. rog. — Annales de l'imprimerie des Estienne. *Paris*, 1843, in-8, dem.-rel., mar. bleu. — Ens. 2 vol.

342. REVUE CONTEMPORAINE, philosophie, histoire, sciences, littérature, poésie, romans, voyages, critique, archéologie, beaux-arts. *Paris*, 1852-55, 20 vol. in-8, dem.-rel., v. vert.

343. REVUE DE PARIS (L. Véron, directeur). *Paris, Everat*, 1829, 3 vol. in-8, dem.-rel., v. vert.

344. REVUE EUROPÉENNE, par les rédacteurs du *Correspondant*. *Paris*, 1831-35, 11 tom. ou 9 vol. in-8, dem.-rel., v. viol.

345. REYBAUD (L ). Jérôme Paturot à la recherche d'une position sociale. *Paris, Dubochet*, 1846, in-8, illustrations par J.-J. Grandville, cart. texte de l'éditeur, avec fers spéciaux, tr. dor.

346. REYBAUD (L.). Jérôme Paturot à la recherche de la meilleure des Républiques. *Paris*, 1848, 4 tom. en 2 vol. in-12, v. bleu.

347. ROGER. Œuvres diverses, publ. par Ch. Nodier. *Paris,* 1835, 2 vol. in-8, v. rouge.

348. ROMANS DU XVII<sup>e</sup> SIÈCLE. 7 vol. in-8, rel.

> Ibrahim ou l'illustre Bassa, dédié à M<sup>lle</sup> de Rohan. *Paris, de Somma-rille,* 1644, 4 vol. in-8, portr. et frontisp., vél. — FAUSSE CLÉLIE (La), histoire française galante et comique (par de Subligny). *Paris, Cl. Barbin,* 1670, 2 vol. in-12, v. — HUMBERT. Histoire de la Cour sous les noms de Cléomédonte et de Hermilinde. *Paris, Touss. du Bray,* 1629, in-8, vél.

349. RONSARD (P.). Œuvres. *Paris, Nic. Buon,* 1623, 2 vol. in-fol , réglés, frontisp. grav., v.

350. ROUSSEAU (J.-Bapt.). Œuvres. *Bruxelles,* 1743, 3 vol. in-4, portr., vignettes et culs-de-lampe grav., v. fauve, fil., tr. dor.

351. ROUSSEAU (J.-J.). Œuvres. *Londres,* 1774-83, 12 vol. in-4, portr. et figures, cart., non rog.

352. RULHIÈRE. Œuvres. *Paris,* 1819, 6 vol. in-8, portr., dem.-rel., v. vert.

353. SAINTE-BEUVE. Causeries du lundi. *Paris,* 1851-54, 8 vol. in-12, dem.-rel., v. fauve.

354. SAINT-EVREMONT. Œuvres meslées. *Amsterdam, P. Mortier,* 1699, 8 vol. in-12, v. fauve.

355. SAINT-USSANS (De). Billets en vers. *Paris,* 1688. — Contes nouveaux par le S<sup>r</sup> de Saint-Glas (pseudonyme de l'abbé de Saint-Ussans). *Paris,* 1672, front. gravé. — Ens. 2 vol. in-12, v.

356. SATYRE MÉNIPPÉE, de la vertu du Catholicon d'Espagne et de la tenue des Estats de Paris. *Ratisbonne, Math. Kerner (Bruxelles, Foppens),* 1677, in-12, fig., v.

357. SATYRE MÉNIPPÉE de la vertu du Catholicon d'Es-

pagne. *Ratisbonne. Kerner,* 1709, 3 vol. in-8, frontisp.
et fig., v.

358. SATYRE MÉNIPPÉE de la vertu du Catholicon d'Espagne. *Ratisbonne, Kerner,* 1714, 3 vol. in-8, fig., v.

359. SCARRON. Recueil des œuvres burlesques. *Paris,
Touss. Quinet,* 1648, 3 parties, frontisp. et fig. — Ty-
phon ou la Gigantomachie, poème burlesque dédié à Mazarin. *Paris, Touss. Quinet,* 1648, frontisp. — La Re-
tion véritable de tout ce qui s'est passé en l'autre monde
au combat des Parques et des poètes, sur la mort de Voiture et autres pièces burlesques. *Paris, Touss. Quinet,*
1648, frontisp. grav., — Ens. 5 parties en 1 vol. in-4,
vél.

Edition originale.

360. SÉVIGNÉ (La marquise de). Recueil des lettres à la
comtesse de Grignan, sa fille, publ. par le chevalier de
Perrin). *Paris, Rollin,* 1735-37, 6 vol., portr. — Recueil de lettres choisies pour servir de suite aux lettres.
*Paris, Rollin,* 1751. — Lettres de M^me de Sévigné au
comte de Bussy-Rabutin. *Amsterdam et Paris, Delu-
lain,* 1775. — Lettres nouvelles ou nouvellement recou-
vrées de la marquise de Sévigné et de la marquise de
Simiane, sa petite-fille. *Paris, Lacombe,* 1773. — Ensemble 9 vol. in-12, v.

Premières éditions de ces recueils de lettres de M^me de Sévigné.

361. SÉVIGNÉ (M^me de). Lettres de sa famille et de ses amis,
édition ornée de 25 portraits dessinés par Devéria, de
105 lettres publ. en 1814 par Klostermann, des notes et
notices de Grouvelle et des réflex. de l'abbé de Vauxelles,
avec des notes par Gault de St-Germain. *Paris, Dalibon,*
1823, 12 vol.

362. SHAKSPEARE. Œuvres complètes, trad. de l'anglais

par Letourneur, édition rev. et corrigée par Guizot. *Paris,
Ladvocat*, 1821, 13 vol. in-8, dem.-rel., portr., v. fauve.

363. SIMONNET. Essai sur la vie et les ouvrages de G. Peignot, accompagné de pièces de vers inédites. *Paris*, 1863,
in-8, dem.-rel., chagr. vert.

364. SOIRÉES de S. A. R. Mgr le duc de Bordeaux (Henri
de France), publ. sur des documents authentiques et inédits par un royaliste quand même. *Paris*, 1840, 2 tom.
en 1 vol. in-8, dem.-rel. — SOIRÉES DE NEUILLY (Les),
esquisses dramatiques et historiques, publ. par de Fon-
geray. *Paris*, 1827, 2 vol. in-8, portr. et fac-simile,
dem.-rel., v. fauve. — Ens. 3 vol.

365. SWIFT. Voyages de Gulliver, dans les contrées loin-
taines. *Paris, Fournier*, 1838, 2 vol. in-8, illustrés par
Grandville, dem.-rel., chagr. Lavall., n. rog.

366. THÉATRE ANGLOIS (Le) ou choix de plus. tragédies
angloises, trad. en français (par de La Place). *Londres*,
1746, 11 vol. in-12, v.

367. THÉATRES ÉTRANGERS (Chefs d'œuvre des), allemand,
anglais, chinois, danois, espagnol, hollandais, indien,
italien, polonais, portugais, russe, suédois, trad. en franç.
par Aignan, Andrieux, de Barante, Berr, Campenon,
Benj. Constant, etc., etc. *Paris, Ladvocat*, 1822-23, 25
vol. in-8º, dem.-rel., v. vert, tr. marbr.

368. THÉIS (baron de). Voyage de Polyclète ou lettres romaines *Paris*, 1821, 3 vol. in-8º, dem.-rel. — Politique des Nations. *Paris*, 1828. 2 vol. in-8, dem.-rel.,
v. vert. — Ens. 5 vol.

369. THIBAUD DE MARLY. Vers sur la mort, imprimés sur
un manuscrit de la Bibliothèque du Roi. *Paris, Crapelet*, s. d., in-8º, pap. de Holl., cart., non rogn.

370. TOCQUEVILLE (A. de). Œuvres et correspondances inédites, publ. et précéd. d'une notice par G. de Beaumont. *Paris*, 1861, 2 vol. in-8°, dem.-rel., mar. viol., fil.

371. TURRIN (Claude), Dijonnois. Œuvres poétiques, divis. en 6 livres, les 2 premiers sont d'élégies amoureuses et les autres de sonets, chansons, éclogues et odes à sa maîtresse. *Paris, J. de Bordeaux*, 1572. Pet. in-8°, portr., vél., fil., tr. dor. (*Rel. du temps.*)

372. TRÉVOUX. Dictionnaire universel françois et latin. *Paris*, 1743-52, 6 vol. in-fol., v.

373. VEUILLOT (L.). Çà et là. *Paris*, 1860, 2 vol. in-12, dem.-rel., chagr. noir.

374. VILLEMAIN. Cours de littérature française. *Paris*, 1829-38, 5 vol. in-8°, dem.-rel., v. vert. — Souvenirs contemporains d'histoire et de littérature. *Paris*, 1854. 2 vol. in-8, dem.-rel., v. fauve. — Ens. 7 vol.

375. VIRGILII (P.) Maronis opera interpret. et notis illustravit C. Ruæus in usum Delphini. *Parisiis*, 1675, in-4°, frontisp. grav., v. marbr.

376. VIRGILE. L'Enéide trad. en vers héroïques, par Perrin. *Paris, Est. Loyson*, 1664, 2 vol. in-12, frontisp. et fig., v. — STACE. La Thébaïde en latin et en français avec des remarques (par l'abbé de Marolles). *Paris*, 1658. 3 vol. in-8, v. m. — Ens. 5 vol.

377. WALCKENAER (C. A.). Histoire de la vie et des ouvrages de J. de La Fontaine. *Paris*, 1824, in-8°, portraits, dem.-rel., v. vert.

## HISTOIRE DE FRANCE. — MÉMOIRES.

378. WALTER SCOTT. Œuvres trad. par Defauconpret. *Paris, Furne*, 1830-32, 32 vol. in-8°, av. fig , dem.-rel., v. viol., tr. marbr.

379. AFFAIRE DU COLLIER. Recueil de pièces en 1 vol. gr. in-4°, dem.-rel.

> Mémoire pour L. R. Ed. de Rohan, contre le procureur général en présence de la dame de La Motte, du sʳ de Vill tte, etc. 1786. — Réflexions rapides pour le cardinal de Rohan sur le sommaire de la dame de La Motte. — Mémoire pour Jeanne de S. Remy de Valois, épouse du comte de La Motte. — Sommaire pour la comtesse de Valois. — La Motte contre le pʳocureur général en présence du cardinal de Rohan. 1786. — Mémoire pour la demoiselle Le Guay d'Oliva. 1786. — Second mémoire pour la demoiselle Leguay d'Oliva 1786. — Mémoire pour le comte de Cagliostro. 1783. — Mémoire du comte de Cagliostro contre Chesnon et le sʳ de Launay. 1786. — Requête au Roi pour le comte de Cagliostro contre les sʳ Chesnon et de Launay. 1787. Etc , etc.

380. ANCIEN MONITEUR (Réimpression de l'). Seule histoire authentique et inaltérée de la Révolution Française, depuis la réunion des Etats-Généraux jusqu'au Consulat. Mai 1789-novembre 1799 avec des notes explicatives. *Paris, Plon*, 1847, 32 vol. gr. in-8° à 2 col., dem.-rel., veau vert.

381. ANQUETIL. Ouvrages historiques divers. — 12 vol. in-12, v.

> Louis XIV, la cour et le Régent. *Paris*, 1793. 4 vol. — L'intrigue du cabinet sous Henri IV et Louis XIII, terminée par la Fronde. *Paris*, 1809. 4 vol. — Vie du maréchal duc de Villars. *Paris*, 1785. 4 vol., portr.

382. AUBIGNÉ (Agrippa d'). Histoire Universelle, qui s'estend de la paix entre tous les princes chrestiens, et de l'an 1550 jusques à la pacification des troisièmes guerres en l'an 1570, déd. à la postérité. *Maillié, J. Moussat*, 1616, 2 tom. en 1 vol. in-fol.. v. fauve, fil.

383. Aubusson (G. d'). La défense du droit de Marie
Thérèse d'Austriche, reine de France, à la succession des
couronnes d'Espagne. *Paris, Cramoisy,*1674, in-4°, v.
— Reginæ chistianissimæ jura in ducatum Brabantiæ et
alios ditionis Hispanicæ principatus. S. l., 1667. In-4,
vél. — Ens. 2 vol.

384. Barante (De). Le Parlement et la Fronde, la vie de
Mathieu Molé. *Paris,* 1859, in-8°, dem.-rel., v. fauve.
Des communes et de l'aristocratie. *Paris,* 1821. In-8,
dem.-rel., v. viol. — Ens. 2 vol.

385. Barante (De). Histoire de la Convention nationale.
*Paris, Furne,* 1851, 6 vol. — Histoire du Directoire de
la République française. *Paris,* 1855, 3 vol. — Ens.
9 vol. in-8, dem.-rel., v. fauve.

386. Bassompierre. Mémoires, conten. l'histoire de sa vie.
*Cologne, P. du Marteau (Hollande),* 1665, 3 vol. pet.
in-12, v. — La Rochefoucauld. Mémoires de M. D. L.
R. (De La Rochefoucauld) sur les brigues à la mort
de Louys XIII, les guerres de Paris et de Guyenne, et la
prison des princes. *Cologne, Van Dyck (Bruxelles, Foppens),* 1664, pet. in-12, v. — De Lyonne. Mémoires au
Roy interceptez par ceux de la garnison de Lille la campagne passée, le S' Héron, courrier du cabinet, les portant à Paris. *S. l. (Bruxelles, Foppens),* 1668, pet. in-12.
v. — Guise (Mémoires du duc de). *Paris,* 1668, in-12,
v. — Ens. 6 vol.

387. Beauchamp (Alph.). Histoire de la guerre de la Vendée
et des Chouans, depuis son origine jusqu'à la pacification
de 1801. *Paris,* 1806, 3 vol. in-8, dem.-rel., v. — Dor-
moncourt (Le général). La Vendée et Madame. *Paris,*
1833, in-8, dem.-rel, v. vert. — Ens. 2 vol.

388. Beauchesne (A. de). Louis XVII, sa vie, son agonie, sa mort, captivité de la famille royale au Temple. *Paris*, 1852, 2 vol. in-8, av. fac-similés d'autographes, portr. et plans, dem.-rel., v. fauve.

389. Beauvau (Le marquis de). Mémoires pour servir à l'histoire de Charles IV, duc de Lorraine et de Bar. *Cologne, P. Marteau*, 1689. — Histoire de l'emprisonnement de Charles IV, duc de Lorraine, détenu par les Espagnols dans le château de Tolède (par Dubois de Riocourt). *Cologne, P. Marteau*, 1688, 2 ouvr. en 1 vol. in-12, v. — Montmorency (Henry, dern. duc de). Mémoires. *Paris*, 1666, in-12, v. — Ens. 2 vol.

390. Belleforest (Franç. de). Les Chroniques et Annales de France dep. l'origine des Françoys et leurs venuës ès Gaules faictes jadis briesvement par Nicole Gilles, secretaire du Roy, jusqu'au Roy Charles VIII, et depuis additionnées par Denis Sauvage, jusqu'au Roy Françoys II, à present augment. jusqu'au Roy Charles IX, avec les généalogies et effigies des Roys. *Paris*, 1573, in-fol., portr., v.

391. Bernard (Me Estienne), avocat au Parlement de Dijon. Journal des Estats de Blois tenus en 1588 et 1589. — In-4, v. marbr.

> Copie manuscrite du XVIIIe siècle, d'une bonne écriture, composée de 290 pages.

392. Bignon. Histoire de France, dep. le 18 brumaire jusqu'à la prise de Tilsitt. *Paris*, 1829, 6 vol. in-8, dem.-rel., v. rouge.

393. Blanc (Louis). Histoire de la Révolution française. *Paris*, 1841, 2 vol. in-8, dem.-rel., v. rouge.

394. Buchon (J.-A.). Collection des chroniques nationales

françaises, écrites en langue vulgaire du xiii<sup>e</sup> au xvi<sup>e</sup> siècle, avec notes et éclaircissements. *Paris, Verdière*, 1826-28, 47 vol. in-8, dem.-rel.

395. Bussy (Roger de Rabutin, comte de). Mémoires. *Paris, J. Anisson*, 1696, 2 vol. in-4, portr., v.

396. Campan (M<sup>me</sup>). Mémoires sur la vie privée de Marie-Antoinette, reine de France et de Navarre, suivis de souvenirs et anecdotes historiq. s. les règnes de Louis XIV, de Louis XV et de Louis XVI. *Paris*, 1823, 3 vol. in-8, portr., dem.-rel., veau vert.

397. Castelnau (Michel de), s<sup>gr</sup> de Mauvissière. Mémoires, illustrez et augmentez de plusieurs commentaires et manuscrits, tant lettres, instructions, traitez, qu'autres pièces secrettes et originales servans à donner la vérité de l'histoire des regnes de François II, Charles IX et Henry III, et de la régence et du gouvernement de Catherine de Médicis, par J. Le Laboureur. *Bruxelles*, 1731, 3 vol. in-fol., portr. et armoiries, v. fauve.

398. Chalambert (V. de). Histoire de la Ligue sous les règnes de Henri III et de Henri IV, ou quinze années de l'histoire de France. *Paris*, 1854, 2 vol. in-8, dem.-rel., v. fauve.

399. Choisy (L'abbé de). Histoire de Philippe de Valois et du roi Jean. *Paris, Cl. Barbin*, 1688, 2 parties en 1 vol. — Histoire de Charles V, roi de France. *Paris, A. Dezallier*, 1689. — Histoire de Charles VI, roi de France. *Paris, J. Coignard*, 1695. -- 3 vol. in-4, v.

400. Clausel de Coussergues. Du sacre des Rois de France et des rapports de cette auguste cérémonie avec la Constitution de l'Etat aux différ. âges de la monarchie. *Paris*, 1825, in-8, dem.-rel., v. ant. — Le S<sup>ur</sup>. La France et

les Français en 1817. *Paris,* 1817, in-8, dem.-rel., v.
vert. — Ens. 2 vol.

401. Comines (Phil. de). Mémoires contenans l'histoire des
Roys Louis XI et Charles VIII, depuis l'an 1464 jusques
en 1498, reveus et corrigez sur divers manuscrits, augmentez de plus. traictez, contracts, etc., par D. Godefroy.
*Paris, Imprimerie Royale,* 1649, in-fol., v. marbr., fil.

402. Condé. Mémoires ou recueil pour servir à l'histoire
de France, contenant ce qui s'est passé de plus mémorable dans le royaume, sous le règne de François II et
sous une partie de celui de Charles IX. *Paris,* 1743,
6 vol. in-4, portraits, v. marbr.

403. Condé (Les). 7 vol. in-12, rel.

> Le prince de Condé (par Louis I<sup>er</sup>, frère d'Antoine, roi de Navarre).
> *Paris, J. Guignard,* 1675, in-12, v. — Mémoires pour s rvir à l'histoire
> de Louis de Bourbon, prince de Condé (par de la Brune). *Cologne, P.
> Marteau,* 1693, 2 vol. pet. in-12, portr., v. — Histoire de Louis de Bour-
> bon, second du nom, prince de Condé, premier prince du sang, surnommé
> le Grand. *Paris,* 1766, 4 vol. in-12, portr. et plans, dem.-rel., non rog.

404. Consalvi (Cardinal). Mémoires, avec une introduction
et des notes par Crétineau-Joly. *Paris,* 1864, 2 vol. in-8,
fac-simile, dem.-rel., chagr. brun.

405. Cordemoy (De). Histoire de France. *Paris, Coignard,*
1685-89, 2 vol. in-fol., v. m. — Legendre. Nouv. hist.
de France dep. le commencem. de la monarchie jusqu'à
la mort de Louis XIII. *Paris,* 1718, in-fol., portr., v.
— Ens. 3 vol.

406. Dangeau (Marquis de). Journal publié en entier pour
la première fois par Soulié, Dussieux, de Chennevières,
Mantz, de Montaiglon, avec les additions inédites du duc
de Saint-Simon publ. par Feuillet de Conches. *Paris,*
1854, 19 vol. in-8, dem.-rel., veau fauve.

407. DEAGEANT. Mémoires. *Grenoble , P.-L. Charvys.* 1668, pet. in-12, v. — MONTMORENCY (Mémoires de Henry, dern. duc de). *Paris, 1666,* in-12, v. — GUISE (Duc de). Mémoires. *Paris,* 1668, in-12, v.

408. DISCOURS merveilleux de la vie, actions et déportemens de Catherine de Médicis, royne mère. *Selon la copie,* 1649, in-12, vél. — L'histoire du temps ou le véritable récit de ce qui s'est passé dans le Parlement de Paris. *S. l.,* 1649, 2 tom. en 1 vol. in-8, v. — Ens. 2 vol.

409. DU BELLAY (Guill.), s^gr de Langey. Epitome de l'antiquité des Gaules et de France, avec ce un prologue, une préface sur toute son histoire, et le catalogue des livres alleguez en ses livres de l'antiquité des Gaules et de France, plus sont adjoustées une oraison et 2 epistres, faites en latin par le dit autheur et par luy-mesme traduites de latin en françoys. *Paris, Vinc. Sertenas,* 1556. — Discours des histoires de Lorraine et de Flandres. *Paris, Ch. Estienne,* 1552. — Abbrégé de l'histoire des vicomtes et ducs de Milan, le droict desquels appartient à la couronne de France, extraict en partie du livre de Paulus Jovius. *Paris, Ch. Estienne,* 1552, portraits grav. s. bois attribués à Geofroy Tory. — De la primitive institution des Roys, hérauldz et poursuivans d'armes, composé par Maistre Jehan Féron. *Paris, Maurice Ménier,* 1555. — Le Simbol armorial des armoiries de France et d'Escoce et de Lorraine, composé par Jehan Féron. *Paris, Maurice Ménier,* 1555. — Ens. 5 ouvr. en 1 vol. in-4, veau, fil., dent., tr. dor. (*Rel. du XVI^e siècle*).

410. DU BELLAY (Martin), s^gr de Langey. Mémoires, cont. le discours de plus. choses avenues au royaume de France dep. l'an 1513 jusques au trespas du Roy François I. *Paris, P. L'Huillier,* 1573, in-8, vél. à recouvr.

411. Ducoin. Etudes révolutionnaires : Philippe d'Orléans-Egalité, monographie, ouvrage contenant des documens inédits sur Philippe d'Orléans. *Paris*, 1845, in-8, dem.-rel., toile bleue.

412. Dugour. Ecole de politique ou collection, par ordre de matières, des discours, des opinions, des déclarations et des protestations de la minorité de l'Assemblée nationale, pendant les années 1789, 1790 et 1791. *Paris, Gattey*, *s. d.*, 12 vol. in-8, portr. et figures, dem.-rel.

413. Du Haillan (Bernard de Girard, s[gr]). Histoire de France. *Paris, Sonnius*, 1576, in-fol., portrait gravé s. bois, v. fauve.

414. Dumas (Le comte Math.). Précis des événemens militaires ou essais historiques sur les campagnes de 1799 à 1814. *Paris et Hambourg*, 1817-26, 19 vol. in-8 et atlas oblong, dem.-rel., v. viol., tr. jasp.

415. Du Peyrat (Guill.). L'Histoire ecclésiastique de la Cour ou les antiquitez et recherches de la chapelle et oratoire du roy de France, dep. Clovis I jusques à nostre temps. *Paris*, 1645, in-fol., dem.-rel. anc.

416. Dupin. Mémoires. *Paris, Plon*, 1855, 4 vol. in-8, dem.-rel., chagr. br.

417. Dupleix (Scipion). Mémoires des Gaules depuis le déluge jusques à l'establissement de la monarchie française. *Paris*, 1650-54, 6 tom. en 5 vol. in-fol., v.

418. Du Tillet. Les mémoires et recherches, contenans plusieurs choses memorables pour l'intelligence de l'estat des affaires de France. *Rouan* (sic), *Ph. de Tours*, 1578, in-fol., dem.-rel. anc.

419. Du Tillet, s[r] de Bussière. Recueil des Roys de

France, leurs couronne et maison, ensemble, le rang des grands de France. *Paris, Ab. L'Angelier*, 1602, 2 vol. in-4°, v. marbr.

420. EMIGRÉS (Liste générale par ordre alphabétique des) de toute la République, dressée en exécution de l'art. 16 de la loi du 28 mars et de l'art. 1 du chap. de celle du 25 juillet 1793. *Paris, administration des Domaines nationaux, an II* (1793), 2 vol. in-fol. — Suppléments à la liste générale des Emigrés de toute la République. *Paris, an II.* 6 vol. in-8°. — Ens. 8 vol. in-fol. et in-8°, dem.-rel.

421. EUGÈNE (Prince). Mémoires et correspondance politique et militaire publiés et annotés par Du Casse. *Paris,* 1858-60, 10 vol. in-8°, dem.-rel., chagr. rouge.

422. FEUILLET DE CONCHES. Louis XVI, Marie-Antoinette et M^me Elisabeth, lettres et documents inédits. *Paris, Plon,* 1864-73, 6 vol. in-8°, dem.-rel., charg. vert.

423. FIARD (l'abbé). La France trompée par les Magiciens et démonolâtres du xviii^e siècle, fait démontré par des faits. *Paris,* 1803, in-8°, dem.-rel.

424. FROISSART (Messire Jehan). Histoire et chronique mémorable, par M. Denis Sauvage de Fontenailles en Brie. *Paris, de Roigny,* 1574, 4 parties en 1 vol. in-fol., v.

425. GABOURD (A.). Histoire de la Révolution et de l'Empire. *Paris,* 1846-51, 10 vol. in-8°, dem.-rel., v. fauve.

426. GEORGEL (l'abbé). Mémoires pour servir à l'histoire des événemens de la fin du xviii^e siècle dep. 1760 jusqu'en 1806-10, publ. par Georgel, avocat, neveu de l'auteur. *Paris,* 1817-18, 6 vol. in-8°, dem.-rel., v. vert.

427. GIRARD. Histoire de la vie du duc d'Espernon. *Paris*, 1730, 4 vol. in-12, v.

428. GRAMONDUS (Barth.). Historiarum Galliæ ab excessu Henrici IV lib. XVIII, quibus rerum per Gallos totâ Europâ gestarum accurata narratio continetur. *Tolosæ, A. Colomerius*, 1643, in-fol., v. fauve, fil.

429. GREGORII TURONENSIS episcopi historiarum precipue Gallicarum lib. x; in vitas patrum fere sui temporis lib. 1; de gloria confessorum præcipue Gallorum lib. I. Adonis Viennensis episcopi sex ætatum mundi breves seu commentarii usque ad Carolum Simplicem. *Parisiis, Badius Ascensius* (1512). — PAULI DIACONI ecclesiæ Aquilegiensis historiographi percelebris de origine et gestis Regum Longobardorum lib. VI. *Venundantur ab J. Parvo et Jodoco Badio, s. d.* (1512). — LUITPRANDI Ticinensis ecclesiæ levitæ rerum gestarum per Europam ipsius præsertim temporibus, lib. sex. *Parisiis, Badius Ascensius, s. d.*, 3 ouvr. en 1 vol., pet, in-fol., v.

Première édition de Grégoire de Tours.

430. GRIFFET (Le P.). Histoire du règne de Louis XIII. *Paris*, 1758, 3 vol. in-4, v. marbr.

431. GUISE (Les mémoires de feu M. le duc de) (publ. par de Sainct-Yon, son secrétaire). *Paris*, 1668, in-4, v. (*Rel. fatiguée, bel état intérieur*). — Mémoires des divers emplois et des principales actions du maréchal Du Plessis. *Paris, Cl. Barbin*, 1676. In-4, v.

432. MONSTRELET (Volumes premier et second des chroniques d'Euguerran de) gentilhomme jadis demeurant à Cambray en Cambrésis. *Paris, P. L'Huillier*, 1572, 2 vol. in-fol., v. fauve.

433. GUIZOT. Collection des mémoires relatifs à l'histoire

de France, dep. la fondation de la monarchie française jusqu'au 13ᵐᵉ siècle, av. une introduction, des supplémens et des notes. *Paris*, 1823-26, 29) vol. in-8, dem.-rel. v. rouge.

434. GUIZOT. Mémoires pour servir à l'histoire de mon temps. *Paris*, 1858-67, 8 vol. in-8, dem.-rel., chagr. Lavall.

435. HARDOUIN DE PÉRÉFIXE. Histoire du Roy Henry Le Grand. *Paris, Ch. Jolly*, 1662, pet. in-12, portr., v.
Aux armes de BOUHIER.

436. HÉNAULT (Le Président). Nouvel abrégé chronologique de l'histoire de France, conten. les événemens de notre histoire dep. Clovis jusqu'à la mort de Louis XIV, les guerres, les batailles, etc. *Paris, Prault*, 1768, in-4, frontisp., vignettes et fleurons, veau fauve, fil., tr. dor.

437. HISTOIRE DE CHARLES VII roy de France par Jean Chartier sous-chantre de S. Denys ; Jacques Le Bouvier, dit Berry, roy d'armes, Mathieu de Coucy, et autres autheurs du temps, qui contient les choses les plus mémorables, advenues depuis l'an 1422, jusques en 1461, mise en lumière par D. Godefroy. *Paris*, 1661, in-fol., v. marbr.

438. HISTOIRE DE FRANCE. 10 vol. in-8, et in-12, rel.
J. Tilii Chronicon de regibus Francorum a Faramundo usque ad Henricum II. *Lutetiæ, Vascosanus*, 1551. In-8, v. — Annales françoises dep. le commencement du règne de Louis XVI jusqu'aux Etats généraux, 1774-1789, par Guy Marie Sallier. *Paris*, 1813. In-8, dem.-rel., v. viol. — Louis XVI et ses vertus aux prises avec la perversité de son siècle par l'abbé Proyart. *Paris*, 1808, 4 vol. in-8, dem.-rel. — Portraits des rois de France par Mercier. *Neuchatel*, 1783, 4 vol. in-12, v. rouge.

439. HISTOIRE de Louys unziesme Roy de France, autrement dicte la chronique scandaleuse, escrite par un gref-

fier de l'hostel de ville de Paris. *Imprimée sur le vray original*, 1611, in-8, v. *(Piqué)*. — COMMINES. Mémoires. *Paris*, 1661. In-12, front. gravé, v. — Ens. 2 vol.

440. HISTOIRE du ministère d'Armand Jean Du Plessis, cardinal duc de Richelieu (par Ch. Vialart, évêque d'Avranches). *Paris*, 1650, 3 part. en 1 vol. in-fol., v.

> Exemplaire aux armes de GEORGES JOLY, baron de Blaisy, second président au Parlement de Bourgogne.

441. HISTOIRE du ministère d'Armand Jean Du Plessis, cardinal duc de Richelieu. *Paris*, 1650, 2 vol. pet. in-12, v. — Histoire du ministère Cardin. Mazarin. *Paris*, 1672, 2 vol. in-12, portr., v. — Ens. 4 vol.

442. HISTORIÆ FRANCORUM scriptores coætanei, ab ipsius gentis origine cura Andr. Du Chesne. *Lutetiæ Parisior.*, *Seb. Cramoisy*, 1636-40, 5 vol. in-fol., v. m.

443. JALIGNY (Guill. de) et DE LA VIGNE (André). Histoire de Charles VIII, roy de France, où sont décrites les choses les plus mémorables arrivées pendant ce règne, depuis 1483 jusques en 1498, enrichie de plus. mémoires. observations, etc., par Godefroy. *Paris, Cramoisy*, 1684, in-fol., v. m.

444. JEANNIN (Le Président). Négociations. *Paris, P. Le Petit*, 1656, in-fol., portr., v.

445. JOINVILLE (Jehan sire de). Histoire de Saint Louis, les annales de son Règne, par Guill. de Nangis, sa vie et ses miracles, par le confesseur de la Reine Marguerite, le tout publié d'après les manuscr. de la Bibliothèq. du Roi (par Mellot, Sallier et Capperonnier). *Paris, Imprim. Royale*, 1761, in-fol., v. marbr., fil.

446. JUVÉNAL DES URSINS, archevesque de Reims. Histoire

de Charles VI, roy de France, et des choses mémorables advenuës durant 42 années de son règne depuis 1380, jusques à 1422, augmentée de plus. mémoires, journaux, observations histor., etc., par D. Godefroy. *Paris*, 1653, in-fol., v.

447. La Marche (Olivier de). Mémoires avec annotations et corrections, par J. L. D. G. (J. Lautens, de Gand). *Gand, Gérard de Salenson*, 1567, in-4, vél. à recouvr. (*Mouillures*).

448. Lamartine. Histoire des Girondins. *Paris, Furne*, 1847, 8 vol. in-8, dem.-rel., v. rouge.

449. Lamartine (A. de). Histoire de la Restauration. *Paris. Furne*, 1851-52, 8 vol. in-8, dem.-rel., v. fauve.

450. La Motte (Comtesse de Valois de). Mémoires justificatifs écrits par elle-même. *Londres*, 1789, in-8. — Mémoires justificatifs de la comtesse de Valois de La Motte, écrits par elle-même. *S. l.*, 1789, 2 vol. in-12. — Ens. 3 vol. br.

451. La Popelinière. L'histoire de France enrichie des plus notables occurances survenues ez provinces de l'Europe et pays voisins, soit en paix soit en guerre, tant pour le fait séculier qu'eclesiastic dep. 1550 jusques à ces temps. *S. l. (La Rochelle), de l'imprimerie par Abraham H. (Haultin)*, 1581, 2 vol. in-fol., vél. marbr.

452. La Roche Flavin. Treze livres des Parlemens de France, esquels est amplement traicté de leur origine et institution, et des présidens, conseilliers, gens du Roy, greffiers, etc. *Bourdeaux, Millanges*, 1617, in-fol., v.

453. Lelong (Le P.). Bibliothèque historique de la France, conten. le catalogue des ouvrages, imprimés et manus-

crits qui traitent de l'histoire de ce royaume ou qui y ont rapport, av. des notes critiques et historiques, rev. et augm. par Fevret de Fontette. *Paris, Hérissant*, 1768-78, 5 vol. in-fol., v. marbr.

454. LENORMANT. Questions historiques (v$^e$-ix$^e$ siècles), cours d'histoire moderne. *Paris*, 1845, 2 tom. en 1 vol. in-8, dem.-rel., mar. rouge.

455. LETTRES du roy Louis XII et du card. George d'Amboise, avec plusieurs autres lettres, mémoires et instructions écrites dep. 1504, jusques et compris 1514. *Bruxelles, Fr. Foppens*, 1712, 4 vol. in-12, portr., v.

456. LESTOILE (Pierre de). Journal de Henri III, roy de France et de Pologne, ou mémoires pour servir à l'histoire de France. *La Haye*, 1744, 5 vol. in-8, portrait et fig., veau marbr.

457. LINGUET. Mémoires sur la Bastille. *Londres*, 1783, frontispice. — Réfutation des mémoires de la Bastille sur les principes généraux des loix, de la probabilité et de la vérité, par Th. Evans. *Londres*, 1783. — Apologie de la Bastille, pour servir de réponse aux mémoires de Linguet (par Servant). *Philadelphie*, 1784. — Ens. 3 ouvrages en 1 vol. in-8, v. rouge. — NECKER. Sur le compte rendu au Roi, nouv. éclaircissemens *Paris*, 1788, in-8, dem.-rel., v. fauve. — PROCÉDURE criminelle instruite au Châtelet sur la dénonciation des faits arrivés à Versailles dans la journée du 6 octobre 1789. *Paris*, 1790, 2 vol. in-8, dem.-rel. — Ens. 4 vol.

458. LUSSAN (M$^{lle}$ de). Histoire et règne de Louis XI. *Paris*, 1755, 5 vol. — Histoire du Règne de Charles VI, par la même. *Paris*, 1754, 9 vol., portraits. — Ensemble 14 vol. in-12, dem.-rel., non rogn.

459. MAINTENON (M^me de). Mémoires pour servir à son histoire et à celle du siècle passé (par La Beaumelle). *Amsterdam*, 1755, 6 vol. — Lettres de M^me de Maintenon à diverses femmes et à M. d'Aubigné, son frère. *Amsterdam*, 1756, 9 vol. — Ens. 15 vol. in-12, v.

460. MARGUERITE (La Reyne). Mémoires. Edition nouvelle, plus correcte. *Paris, Cl. Barbin*, 1664, in-12. — MONTRÉSOR. Mémoires, div. pièces durant le ministère du Card. de Richelieu, relation de M. de Fontenailles, etc. *Cologne, J. Sambix (à la Sphère)*, 1664, pet. in-12, v. — HISTOIRE de la paix conclue sur la frontière de France et d'Espagne entre les deux couronnes, l'an 1659. *Cologne, P. de la Place*, 1667, pet. in-12, v. — LINAGE DE VAUCIENNES. Mémoires de ce qui s'est passé en Suède et aux provinces voisines dep. 1645 jusqu'en 1655. *Paris*, 1675, 3 vol. in-12, v. — LYONNE (De). Mémoire au Roy interceptez par ceux de la garnison de Lille, la campagne passée, le S^r Héron, courrier de Cabinet, les portant à l'armée de Paris. *S. l.*, 1668, pet. in-12, v. — Ens. 7 vol.

461. MARIE-ANTOINETTE. Correspondance inédite publ. sur les documents originaux, par le comte P. Vogt d'Hunolstein. *Paris*, 1864, in-8, dem.-rel., chagr. vert.

462. MARSOLLIER. Histoire de Henry de La Tour d'Auvergne, duc de Bouillon, où l'on trouve ce qui s'est passé de plus remarquable sous les règnes de François II, Charles IX, Henry III, Henry IV, la minorité et les prem. années du règne de Louis XIII. *Paris*, 1730, 3 vol. in-12, v.

463 MATHIEU. Histoire de Louys XI, roy de France, et des choses mémorables advenuës en l'Europe durant vingt et

deux années de son règne. *Paris, Mettayer*, 1610, in-fol., v.

464. MAUPEOU (De). Journal historique de la Révolution opérée dans la Constitution de la Monarchie française. *Londres*, 1775, 7 vol. in-12, v.

465. MÉLANGES HISTORIQUES. 4 vol. in-8, dem.-rel.

 Augustin Thierry. Récits des temps Mérovingiens. *Paris,* 1840, 2 vol. Antoine Perez et Philippe II, par Mignet. *Paris*, 1846. — Monuments inédits de l'histoire de France (1400-1600,, publ. par A. Bernier. *Paris*, 1835.

466. MÉMOIRES de l'Estat de France, sous Charles IX, contenans les choses plus notables, faites et publiées tant par les Catholiques que par ceux de la Religion, depuis le troisième édit de pacification fait au mois d'aoust 1570 jusques au règne de Henry troisième. *Meidelbourg, H. Wolf*, 1579, 3 vol. in-8, cart.

467. MÉMOIRES DIVERS. — 15 vol. in-8 et in-12, rel. et br.

 Mémoires de La Porte. *Genève*, 1756, in-12, v. — Mémoires de Du Guay Trouin. *Amst.*, 1748, in-12, br. — Mémoires du duc de Villars. *La Haye*, 1734, 3 vol. in-12, v. — Mémoires d'Amelot de la Houssaie. *Amsterdam*, 1724, 2 vol. in-12, v. — Mémoires de Jacques Melvil. *Lyon*, 1694, 2 vol. in-12, v. — Mémoires du maréchal de Berwick. *Londres*, 1758, 2 vol. in-12, v. — Mémoires du duc de Choiseuil. *Chanteloup*, 1790, 2 vol. in-8, br. — Mémoires du Comte de Saint-Germain. *Amsterdam*, 1779, in-8, br. — Duclos. Mémoires secrets sur les règnes de Louis XIV et Louis XV. *Lausanne*, 1791, 2 vol. in-12, dem.-rel.

468. MÉMOIRES d'un ancien capitaine italien sur les guerres et les intrigues d'Italie de 1806 à 1821, par le comte G. D. F., trad. de l'ital. par l'auteur lui-même. *Paris, chez l'auteur*, 1845, in-8, portr., v. v.

469. MÉMOIRES SECRETS tirés des archives des souverains de l'Europe, depuis le règne de Henri IV (trad. de l'ital. de Vittorio Siri par Régnier). *Amsterdam*, 1767, 12 vol. in-12, dem.-rel.

470. MENESTRIER (Le P. Cl. Franç.). Histoire du roy Louis Le Grand par les médailles, emblêmes, devises, inscriptions, armoiries, etc. *Paris, J.-B. Nolin, graveur*, 1689, in-fol., v.

471. MERCURE FRANÇOIS. Chronologie novennaire contenant l'histoire de la guerre dep. 1589, par P. Victor Palma-Cayet. *Paris*, 1608, 3 vol. — Chronologie septennaire de l'histoire de la paix entre les roys de France et d'Espagne. *Paris*, 1609, 1 vol. — Mercure françois ou la suite de l'histoire de la Paix. *Paris*, 1611-37, 24 vol. — Histoire de nostre temps ès années 1643-44. *Paris*. 1648, 2 tom. en 1 vol. — Ensemble 29 vol. in-8, v.

472. MÉZERAY. Histoire de France, dep. Faramond jusqu'à maintenant, œuvre enrichie de plus. belles et rares antiquitez et d'un abregé de la vie de chàque reyne dont il ne s'estoit presque point parlé cy-devant. *Paris*, 1643-51, 3 vol. in-fol., portr. et fig. de médailles, v.

473. MÉZERAY. Histoire de France, dep. Faramond jusqu'au règne de Louis le Juste. *Paris, D. Thierry*, 1685, 3 vol. in-fol., frontisp. et fig., v. marbr.

474. MÉZERAY. Abrégé chronologique ou extraict de l'histoire de France. *Paris. Th. Jolly*, 1668. 3 vol. — Abrégé chronolog. de l'hist. de France sous les règnes de Louis XIII et Louis XIV. pour serv. de suite à celui de Fr. Mézeray, augm. de la vie de Mézeray (par de Limiers). *Amsterdam*, 1728, 1 vol. — Ens. 4 vol. in-4, v.

475. MÉZERAY. Abrégé chronolog. de l'histoire de France. *Amsterdam, Mortier*, 1715, 7 vol. — Abrégé chronolog. de l'hist. de France, sous les règnes de Louis XIII et Louis XIV, pour servir de suite à celui de Fr. de Mézeray (par de Limiers). *Amsterdam. Mortier*. 1740, 3 vol. — Ens. 10 vol in-12. v.

476. MICHELET. Histoire de France. *Paris*, 1833-55, 8 vol. in-8, dem.-rel., v. bleu.

477. MONTGAILLARD. Histoire de France, dep. la fin du règne de Louis XVI jusqu'à l'année 1825. *Paris*, 1827, 9 vol. in-8, portr., dem.-rel., dos et coins, v. rouge, fil., tr. marbr.

478. MONTGON (L'abbé de). Mémoires publ. par lui-même, conten. les différ. négociations dont il a été chargé dans les cours de France, d'Espagne et de Portugal. *S. l.*, 1750, 6 vol. in-12, portr., v. marbr.

479. MORNAY (Philippes de), sgr Du Plessis Marli. Mémoires, contenans divers discours, instructions, lettres et dépèches par lui dressées ou escrites aux Rois, roines, princes, princesses, etc., dep. 1572 jusques à l'an 1589. *S. l., imprimé en l'an* 1624, 4 vol. in-4, v. fauve.

480. MOTTEVILLE (M^me de). Mémoires pour servir à l'histoire d'Anne d'Autriche, épouse de Louis XIII. *Amsterdam, s. d.* 5 vol. in-12, v.

481. NOAILLES (Adr.-Maurice, duc de). Mémoires politiques et militaires pour serv. à l'histoire de Louis XIV et de Louis XV, publ. par l'abbé Millot. *Paris.* 1777, 6 vol. in-12, v.

482. NOAILLES (Le duc de). Histoire de M^me de Maintenon et des princip. événements du règne de Louis XIV. *Paris*, 1848, 2 vol. gr. in-8, portr., dem.-rel., chagr. rouge, fil.

483. OBERKIRCH (Baronne d'). Mémoires publ. par le comte de Montbrison. *Paris, Charpentier*, 1853, 2 vol. in-12, dem.-rel., v. vert.

484. OSSAT (Cardinal d'), évesque de Bayeux. Lettres au

Roy Henry le Grand et à M. de Villeroy dep. l'année 1604. *Paris*, 1627, in-fol., v.

485. PEYRONNET (Le comte de). Histoire des Francs. *Paris*, 1835, 2 vol. in-8, dem.-rel.

486. PONTIS (S^r de). Mémoires contenant plus. circonstances des guerres et du gouvernement sous les règnes des Roys Henry IV, Louys XIII et Louis XIV. *Lyon*, 1692, 2 vol. in-12, v. — GOURVILLE. Mémoires conten. les affaires auxq. il a été employé par la Cour dep. 1642 jusqu'en 1698. *Paris*, 1724, 2 vol. in-12, v. — Ens. 4 vol.

487. PRADT (De). Les 4 Concordats, suiv. de considérations sur le gouvernement de l'Eglise en général et sur l'Eglise de France en particulier, dep. 1515. *Paris*, 1818, 3 vol. in-8, dem.-rel., v. vert, tr. jasp. — L'Europe après le Congrès d'Aix-la-Chapelle. *Paris*, 1819, in-8, dem.-rel., v. viol. — Suite des 4 Concordats. *Paris*, 1820, in-8, dem.-rel., v. viol. — L'Europe et l'Amérique dep. le Congrès d'Aix-la-Chapelle. *Paris*, 1821, 2 vol. in-8, dem.-rel. — Ens. 7 vol.

488. PUYSÉGUR (Jacq. de Chastenet de). Mémoires, sous les règnes de Louis XIII et de Louis XV. *Paris*, 1690, 2 vol. in-12, portr., v. — TAVANNES (Jacques de Saulx, comte de). Mémoires. *Paris*, 1691, in-12, v. — TERLON (Le chevalier de). Mémoires. *Paris*, 1681, 2 vol. in-8, v. — Ens. 5 vol.

489. RAGUSE (Duc de). Mémoires de 1792 à 1832, imprimés sur le manuscrit original de l'auteur. *Paris*, 1857, 9 vol., portr. — Réfutation des Mémoires du maréchal Marmont, par Laurent de l'Ardèche. *Paris*, 1857. — — Ens. 10 vol. in-8, dem.-rel., v. fauve.

490. Récamier (Mᵐᵉ). Souvenirs et correspondance. *Paris,* 1859, 2 vol. in-8, dem.-rel., v. viol.

491. Recueil de diverses pièces pour servir à l'histoire (par Paul Hay, sʳ Du Chatelet). *S. l.,* 1635, in-fol., v. — Morgues (Mathieu de), sʳ de Sᵗ-Germain. Diverses pièces pour la défense de la Royne Mère du tres-chrestien Louis XIII. *S. l., n. d. (vers 1635).* In-fol., v. — Ens. 2 vol.

492. Recueil de diverses pièces servans à l'histoire de Henry III, roy de France et de Pologne. *Cologne, P. du Marteau,* 1660, pet. in-12, vél. — Recueil de plusieurs pièces servans à l'histoire moderne. *Cologne, P. du Marteau,* 1663, pet. in-12, vél. — Recueil historique contenant diverses pièces curieuses de ce temps. *Cologne,* 1666, pet. in-12, v. — Ens. 3 vol.
Éditions de Hollande qui s'annexent aux Elsevier.

493. Relation des campagnes de Rocroi et de Fribourg, en 1643 et 1644, dédiée à Mgr le duc d'Enguien (par de la Chapelle-Bessé). *Paris, Fr. Clousier,* 1673, in-12, v.
Édition originale.

494. Rerum Gallorum icones à Faramundo usque ad Franciscum II, item Ducum Lotharingorum, a Carolo I usque ad Carolum III, aut. Ber. Girardo, Burdigalensi. *Parisiis, C. Perier,* 1559, in-4, v., fil., tr. dor.

495. Restauration (Histoire de la) et des causes qui ont amené la chute de la branche aînée des Bourbons, par un homme d'Etat. *Paris,* 1831, 10 vol. in-8, dem.-rel., v. vert.

496. Retz (Cardinal de). Mémoires. *Nancy, J.-B. Cusson,* 1717, 3 vol. — Mémoires de Guy Joli, contenant l'hist. de la régence d'Anne d'Autriche. *Amst.,* 1718, 2 vol.

— Beauveau (Marquis de). Mémoires. *Cologne, P. Marteau,* 1689, 1 vol. — Ens. 6 vol. in-12, v.

**497. Révolution et Restauration. 6 vol. in-8, rel.**

Histoire de la captivité de Louis XVI et de la famille royale. *Paris,* 1817. — Mémoires pour servir à l'histoire de la guerre de la Vendée, par le comte de *** (Vauban). *Paris,* 1806. — Souvenirs d'un émigré de 1797 à 1800, par Hipp. de La Porte. *Paris,* 1843. (*Envoi d'auteur*). — Paul Didier. Histoire de la conspiration de 1816. *Paris,* 1844. — Dictionnaire des étiquettes de la Cour, par M^me de Genlis. *Paris,* 1818, 2 vol.

**498. Ribier (Guill,).** Lettres et mémoires d'Estat des roys, princes, ambassadeurs et autres ministres, sous les regnes de François I, Henry II et François II. *Paris,* 1666, 2 vol. in-fol., v. marbr.

**499. Rohou (Duc de).** Mémoires sur les choses advenues en France depuis la mort de Henry le Grand jusques à la paix faite avec les Réformez au mois de juin 1629. *Paris,* 1665, 2 vol. — Histoire de Henry duc de Rohan, pair de France (par Ant. Fauvelet du Toc). *Paris, Ch. de Sercy,* 1666, 1 vol. — Ens. 3 vol. in-12, v.

**500. Royan.** Histoire de France dep. Pharamond jusqu'à la 25^e année du règne de Louis XVIII. *Paris,* 1819, 6 vol. in-8, dem.-rel., v. br.

**501. Satyre Ménippée** du Catholicon d'Espagne et de la tenue des Estats de Paris. *Ratisbonne, M. Kerner (Bruxelles, Foppens),* 1664, pet. in-12, fig., vél.

Jolie édition, qui entre dans la collection des Elsevier.

**502. Saulx-Tavannes.** Mémoires de très-noble et très-illustre Gaspard de Saulx, sgr de Tavanes, mareschal de France, admiral des mers de Levant, etc. (recueillis par Ch. de Neufchaise, neveu de Gasp. de Saulx). *S. l., n. d.* (*Imprimés au château de Lugny, près d'Autun, en 1653*). In-fol. de 476 pag. chiffr., v. marbr.

503. Sénard. Mémoires. Révélations puisées dans les cartons des Comités de Salut public et de Sûreté générale, publ. par A. Dumesnil. *Paris*, 1824, in-8, dem.-rel., v. ant. — Courtois. Rapport fait au nom de la Commission chargée de l'examen des papiers trouvés chez Robespierre et ses complices. *Paris, an III* (1794). In-8, br. - - Ens. 2 vol.

504. Serres (Jean de). Inventaire général de l'histoire de France dep. Pharamond jusques à présent. *Paris, P. Mettayer*, 1627, in-fol., v. (*Rel. fatiguée*).

505. Sirot (Cl. de Letouf, chev., baron de). Mémoires sous les règnes de Henry IV, Louis XIII et Louis XIV. *Paris, Cl. Barbin*, 1683, 2 tom. en 1 vol. in-8, portr., mar. rouge, dent., dos et plats semés de fleurs de lys, tr. dor. (*Reliure ancienne*).

Mémoires rares et recherchés.

506. Société de l'Histoire de France (Publications de la). *Paris*, 1855-65, 46 vol. in-8, dem.-rel., chagr. vert. (*Rel. uniforme*).

Mémoires du M<sup>is</sup> d'Argenson, publ. par Rathery. 1859, 9 vol. — Chronique de Monstrelet, publ. par Douet-D'Arcq. 1858, 6 vol. · Commentaires de Blaise de Montluc, publ. par A. de Ruble. 1854, 3 vol. — Mémoires de Mathieu Molé, publ. par Champollion-Figeac. 1855, 4 vol. — Œuvres de Brantôme, publ. par Lalanne. 1864, 4 vol. — Histoire des règnes de Charles VII et de Louis XI, par. Th. Basin, publ. par Quicherat. 1855, 4 vol. — Chronique de Mathieu d'Escouchy, publ. par Du Fresne de Beaucourt. 1863, 3 vol. — Choix de pièces inédites relatives au règne de Charles VI, publ. par Douet-D'Arcq. 1863, 2 vol. — Les livres des miracles et autres opuscules de G. Florent Grégoire, évêque de Tours, publ. par Bordier. 1857, 4 vol. — Anchiennes chroniques d'Engleterre, par J. de Wavrin, publ. par M<sup>lle</sup> Dupont. 1858, 3 vol. — Comptes de l'hôtel des rois de France aux xiv<sup>e</sup> et xv<sup>e</sup> siècles, publ. par Douet-D'Arcq. 1865, 1 vol. — Les miracles de saint Benoît, publ. par de Certain. 1858, 1 vol. — Chronique des 4 premiers Valois, publ. par Siméon Luce. 186?, 1 vol. — Mémoires du M<sup>is</sup> de Beauvais-Nangis, publ. par Monmerqué et Taillandier. 1862, 1 vol.

507. SULLY. Mémoires des sages et royalles œconomies d'Estat, domestiques, politiques et militaires de Henry le Grand l'exemplaire des Roys, le prince des vertus, des armes et des lois, etc., par Maximilien de Béthune, duc de Sully. *A Amstelredam, chez Aletinosgraphe de Cléarétimélée et Graphexecon de Pistariste, s. date. (Imprimé au Château de Sully en 1638).* 2 tom. en 1 vol. in-fol., v. fauve, fil.

Edition originale des Mémoires de Sully.

508. SULLY. Mémoires ou œconomies royales d'Estat, domestiques, politiques et militaires de Henry Le Grand. *Paris, Aug. Courbé*, 1662, in-fol., maroq. rouge, fil. à compart., tr. dor. *(Reliure ancienne).*

Continuation des Mémoires précédents de Sully. — Première édition. — Exemplaire aux armes de BÉTHUNE-SULLY.

509. TALON (Omer). Mémoires. *La Haye*, 1732, 8 vol. in-12, v.

510. THIERS (A.). Histoire du Consulat et de l'Empire *Paris, Paulin*, 1845-62, 20 vol. in-8, avec atlas, portraits et figures, dem.-rel., chagr. Lavall., fil.

511. THOU (J.-Aug. de). Histoire universelle dep. 1543 jusqu'en 1607, trad. s. l'édit latine de Londres, 1543-50. *Londres*, 1734, 16 vol. — Mémoires de Jacq.-Aug. de Thou. *Rotterdam*, 1711, 1 vol. — Ens. 17 vol. in-4, v.

512. THUANI (Jac.-Aug.) Historiarum sui temporis libri CXXXVIII ab anno 1546 ad annum 1607 quib. adjuncti sunt Nic. Rigaltii de rebus Gallicis libri III et sylloge scriptorum varii generis et argumenti ad Thuanum vel Thuaneam historiam pertinentium. *Londini, Sam. Buckley*, 1733, 7 vol. in-fol., portr., v.

Edition la plus belle, la plus complète et la meilleure de cette histoire estimée. (Voir Brunet).

**513. Varillas.** Ouvrages historiques divers. — 18 vol. in-12, v.

> La Minorité de St Louis. *La Haye*, 1687. — Histoire de Louis XI. *Paris, Cl. Barbin*, 1689, 4 vol. — Histoire de Louis XII *Paris, Cl. Barbin*, 1688, 6 vol. — Histoire de Henry II. *Paris, Cl. Barbin*, 1692, 2 vol. — Histoire de Henry III. *La Haye*, 1694, 3 vol. — La politique de Ferdinand le Catholique. *Amsterdam*, 1688, 2 tom. en 1 vol. — Politique de la Maison d'Autriche. *Paris, Cl. Barbin*, 1688. — Politique de Ferdinand le Catholique, roy d'Espagne. *Amsterdam*, 1688, 2 tom. en 1 vol. — Tous ces volumes ont appartenu à Longepierre et portent sa signature sur les titres. — *Ce lot pourra être divisé.*

**514. Varillas.** Ouvrages historiques divers. — 10 vol. in-12, v.

> Histoire de Charles VIII. *Paris, Cl. Barbin*, 1691, 3 vol. — Histoire de François Ier. *Paris, Cl. Barbin*, 1685, 4 vol. — Histoire de Charles IX. *Paris, Cl. Barbin*, 1684, 2 vol. — Anecdotes de Florence ou histoire secrète de la maison de Médicis. *La Haye*, 1687.

**515. Varillas.** Histoire de François Ier. *Paris, Cl. Barbin*, 1685, 2 vol. — Histoire des Révolutions arrivées dans l'Europe en matière de religion. *Paris, Cl. Barbin*, 1686, 2 vol. — Ens. 4 vol. in-4, v.

**516. Vatout (J.).** La conspiration de Cellamare, épisode de la Régence. *Paris, Ladrocat*, 1832, 2 vol. in-8, portr., dem.-rel., v. bleu. — Conspiration (La) de 1821 ou les Jumeaux de Chevreuse, par M. L. D. D L. *Paris, Gosselin*, 1829, 2 vol. in-8, dem.-rel., v. vert. — Ens. 4 vol.

**517. Velly (L'abbé).** Histoire de France, depuis l'établissement de la Monarchie. *Paris*, 1770-86, 15 vol. in-4. veau marbr.

**518. Véron (Le D[r]).** Mémoires d'un bourgeois de Paris. *Paris*, 1853, 2 vol. in-8, dem.-rel., veau vert.

**519. Victoires, Conquêtes,** désastres, revers et guerres civiles des Français de 1792 à 1815, par une société de militaires et de gens de lettres. *Paris, Panckoucke,* 1817, 27 vol., dem.-rel., bas., tr. marbr.

Les cartes pliées et montées sur toile sont renfermées dans une boîte en forme de livre semblable aux autres et forment un 28ᵉ volume.

520. VIDEL (L.). Histoire de la vie du Connestable de Lesdiguières, conten. toutes ses actions, dep. sa naissance jusques à sa mort. *Paris,* 1638, in-fol., v. marbr.

521. VIGNIER (Nicolas), de Bar-sur-Seine. Sommaire de l'histoire des Français, recueilly des plus certains auteurs de l'ancienneté et digeré selon le vray ordre des temps en 4 livres. *Paris, Séb. Nivelle,* 1579, in-fol., v. fauve, fil., tr. dor.

522. VILLE-HARDOUIN (Geoffroy de). Histoire de l'empire de Constantinople sous les Empereurs François (publ. par Du Fresne du Cange). *Paris, Imprim. Royale,* 1657, 2 tom. en 1 vol. in-fol., v.

523. VILLENEUVE-TRANS (Le Mⁱˢ de). Histoire de Saint Louis, roi de France. *Paris,* 1839, 3 vol. in-8, dem.-rel., veau rouge.

524. VITET (L.). Les Barricades, scènes historiques, mai 1588. *Paris,* 1826. — Les Etats de Blois ou la mort de MM. de Guise, scènes historiques, décembre 1588. *Paris,* 1827. — La mort de Henri III, août 1589, scènes historiques. *Paris,* 1829. — Les Septembriseurs, scènes historiques. *Paris,* 1829. — Ens. 4 vol. in-8, dem.-rel.

**PROVINCES DE FRANCE (La Bourgogne exceptée).**

525. AQUITAINE (Les Annalles d'), faictz et gestes en sommaire des Roys de France et d'Angleterre, pays de Naples

et de Milan, reveue et corrigées par l'acteur mesmes jusques en lan mil cinq cens trente sept et ne nouvel jusques en lan mil cinq cens quarante. *On les vend à Paris en la rue Sainct Jacques par François Regnault libraire demourant à l'Eléphant devant les Maturins. Mil·D.XL.* (1540). In-4 gothique, v.

526. ALSACE (Histoire de la province d'), dep. Jules César jusqu'au mariage de Louis XV, par le P. Louis Laguille. *Strasbourg*, 1727, 2 part. en 1 vol. in-fol., frontisp. grav., v. fauve.

527. AMIENS (Nouv. description de la Cathédrale d'), par Goze et Dusevel. *Amiens*, 1847, gr. in-8, fig., dem.-rel., chagr. vert, non rogné.

528. AUVERGNE ET VELAY. L'ancienne Auvergne et le Velay. Histoire, archéologie, mœurs, topographie, par Ad. Michel. *Moulins, Desrosiers*, 1843-45, in-fol. en feuilles.

> Tome I<sup>er</sup> (texte). Feuilles 1 à 105 (Manque la feuille 25) et les 15 prem. livraisons pour les planches.

529. BÉARN (Histoire de), conten. l'origine des Rois de Navarre, des ducs de Gascogne, marquis de Gothie, princes de Béarn, comtes de Carcassonne, de Foix et de Bigorre, par Pierre de Marca. *Paris, J. Camusat.* 1640, in-fol., v.

530. BOURBONNAIS (L'ancien), histoire, monuments, mœurs, par Ach. Allier, Michel et Batissier. *Moulins, Desrosiers,* 1838, 2 vol. in-fol. de texte et 1 vol. gr. in-fol. d'atlas. — Ens. 3 vol., dem.-rel., dos et coins de chagr. viol., tr. ébarb.

531. BRESSE (Histoire de) et de Bugey, conten ce qui s'est passé de mémorable sous les Romains, roys de Bour-

gongne et d'Arles, empereurs, sires de Baugé, comtes et ducs de Savoye et roys très chrestiens, jusques à l'eschange du marquisat de Saluces av. les fondations des abbayes, prieurés, chartreuses et Eglises collégiales, origines des villes, chasteaux, etc., et généalogies de toutes les familles nobles, par Sam. Guichenon. *Lyon, Huguetan*, 1650, in-fol., 4 parties en 1 vol. in-fol., fig., d'armoiries, bas. fauve.

Ouvrage rare et recherché.

532. BRETAIGNE (L'histoire de), des Rois, ducs, comtes et princes d'icelle; l'establissement du royaume, mutation de ce titre en duché, continué jusques au temps de M^me Anne, dernière duchesse et dep. royne de France, etc., par Bertr. d'Argentré. *Paris, Sonnius*, 1604, in-fol., av. 1 carte et tableau généalogique, v. fauve.

533. BRETAGNE (Histoire de), composée sur les titres et les auteurs originaux, par Dom Guill. Alexis Lobineau. *Paris, Muguet*, 1707, 2 vol. in-fol., portr. et figures, v. marbr.

534. BRETAGNE, NORMANDIE. Histoire critique de l'établissement des Bretons dans les Gaules et de leur dépendance des Rois de France et des ducs de Normandie, par l'abbé de Vertot. *Paris*, 1720, 2 vol. — Histoire des ducs de Bretagne et des différ. révolutions arrivées dans cette province (par l'abbé Desfontaines). *Paris*, 1739, 6 vol. — — Ens. 8 vol. in-12, v. marbr.

535. BRETAGNE (Histoire de), par Daru. *Paris*, 1826, 3 vol. in-8, dem.-rel., dos et coins, veau viol. — Histoire des rois et des ducs de Bretagne, par de Roujoux. *Paris*, 1828, 2 vol. in-8, v. bleu. — Ens. 5 vol.

536. BUGEY (Monographie historique de l'anc. province

du), par Paul Guillemot. *Lyon, L. Boitel*, 1852, gr. in-8, av. cartes, dem.-rel., chagr. rouge, tr. marbr.

537. CAEN (Les origines de la ville de) et des lieux circon-voisins (par Huet). *Rouen, Maurry.* 1702, in-8, v.

538. CHAMPAGNE (Mémoires historiques de), par Baugier. *Chaalons, Cl. Bouchard,* 1721, 2 vol. pet. in-8, v.

539. CHAMPAGNE (Portefeuille archéologique de la), par A. Gaussen. *Bar-sur-Aube.* 1861, in-4, figures en noir et en couleur, dem.-rel., dos et coins chagr. rouge, fil., tête dor., non rogn.

540. CHRONIQUE BOURDELOISE, par Gabr. de Lurbe, advocat en la Cour de Bourdeaus, continuée et augmentée par Jean Darnal. *Bourdeaus, S. Millanges,* 1619. — Supplément des chroniques de la noble ville et cité de Bourdeaux, par Jean Darnal. *Bourdeaus, J. Millanges,* 1620, 2 parties en 1 vol. in-4, vél.

Reliure fatiguée.

541. CLERMONT. Les origines de la ville de Clairmont, par le présid. Savaron, augm. des remarques, nottes et re-cherches curieuses des choses advenues avant et après la première édition, ensemble des généalogies de l'anc. et illustre maison de Senectère et autres, reveues par P. Durand. *Paris*, 1662, in-fol., portr. et fig. d'armoiries, v. marbr.

542. EVREUX (Histoire civile et ecclésiastique du comté d'), où l'on voit tout ce qui s'est passé dep. la fondation de la Monarchie, tant par rapport aux Rois de France qu'aux anciens Ducs de Normandie et aux Rois d'Angleterre (par Pierre Le Brasseur). *Paris*, 1722, 3 part. en 1 vol. in-4, v.

543. Foix, Béarn et Navarre (Histoire des Comtes de), par P. Olhagaray. *Paris*, 1629, in-4, veau.

> Aux armes de Glucq de Saint-Port.

544. Gastinois, Senonois et Hurepois (Histoire generale des Pays du), conten. la description des antiquitez des villes, bourgs, chasteaux, abbayes, églises et maisons nobles desdits pays, avec les Généalogies des Seigneurs et familles qui en dépendent, par Dom Morin. *Paris*, 1630, in-4, v.

> Livre rare et très recherché. — L'exemplaire est fatigué, la reliure est brisée au dos et il y a en outre des mouillures.

545. Guienne. Histoire de l'abbaye et congrégation de Notre-Dame de la Grande-Sauve, ordre de Saint Benoit en Guienne, par l'abbé Cirot de la Ville. *Paris*, 1844, 2 vol. in-8 frontisp. et fig., dem.-rel., chagr. viol.

546. Langres. Jac. Vignerii Chronicon Lingonense ex probationibus decadis historicæ contextum. *Lingonis*, 1665, pet. in-8, vél.

547. Languedoc (Histoire générale de) avec notes et pièces justificatives (par Dom Vaissette et Dom de Vic). *Paris*, 1730-45, 5 vol. in-fol., v., fil.

548. Languedoc (Mémoires pour l'histoire naturelle de la province de) (par Astruc). *Paris*, 1737, in-4, figures, veau.

549. Lorraine (Histoire ecclésiastique et civile de), qui comprend ce qui s'est passé de plus mémorable dans l'archevêché de Trêves et dans les évêchez de Metz, Toul et Verdun, depuis l'entrée de Jules César dans les Gaules jusqu'à la mort de Charles V, duc de Lorraine, av. pièces justificat. par Dom Aug. Calmet. *Nancy, Cusson*, 1728, 3 vol. in-fol., cartes, plans et fig., v.

550. LYON (Histoire civile ou consulaire de la ville de), justifiée par chartres, titres, chroniques, manuscrits, autheurs, anc. et modern., et autres preuves, par le P. Cl. F. Ménestrier. *Lyon, Nic. de Ville*, 1696, in-fol. av. 1 carte, v.

551. LYON (Histoire de l'Eglise de) dep. son établissement par Saint-Pothin, dans le second siècle de l'Eglise jusqu'à nos jours, par Poullin de Lumina. *Lyon*, 1770, in-4, vél.

552. LYON (Histoire politique et militaire du peuple de) pendant la Révolution française, 1789-95, par Alph. Balleydier. *Paris, Curmer*, 1845-46, 3 vol. gr. in-8, fig , dem.-rel.

553. MELUN (Histoire de), conten. plusieurs raretez notables et non descouvertes en l'histoire générale de France, plus la vie de Bourchard, comte de Melun, avec le catalogue des seigneurs et dames illustres de la Maison de Melun, par Séb. Roulliard. *Paris*, 1628, in-4, portr., v. marbr.
Quelques mouillures.

554. NIVERNOIS (Histoire du pays et duché de), par Guy Coquille, Sr de Romenay. *Paris, Abel L'Angelier*, 1612, in-4, v.

555. NORMANDIE (L'histoire et cronique de), reveuë et augmentée outre les précédentes impressions, finissant au Roy très chrestien Henry III de ce nom, roy de France et de Pologne, avec les figures tant de ladicte Normandie que de la ville de Rouen, métropolitaine d'icelle province. *Rouen. Martin Le Mesgissier*, 1610, 2 parties en 1 vol. pet. in-8. plan de la ville de Rouen, vélin.

556. ORLÉANS (Description de la ville et des environs d') av. des remarques historiques (par Polluche). *Orléans, Fr*

*Rouzeau*, 1736. — Description de l'entrée des Evesques d'Orléans et des cérémonies qui l'accompagnent avec des remarques historiques par Polluche. *Orléans*, 1734. — Discours sur l'origine du privilège des Evesques d'Orléans. *Orléans*, 1734. — Dissertation sur l'offrande de cire appellée les Goutières, que l'on présente tous les ans le deuxième jour de May à l'Eglise d'Orléans. *Orléans*, 1734, 4 part. en 1 vol. in-8, v. fauve.

557. Paris (Description nouvelle de la ville de) ou recherche curieuse des choses les plus singulières et les plus remarquables qui se trouvent à présent dans cette grande ville, par Germ. Brice. *Paris, N. Le Gras*, 1698, 2 vol. in-12, carte, v.

558. Paris. Histoire de l'abbaye royale de Saint-Germain-des-Prez, contenant la vie des abbez qui l'ont gouvernée depuis sa fondation, les hommes illustres qu'elle a donnez à l'Eglise et à l'Etat, etc., avec la description de l'église, des tombeaux et de tout ce qu'elle contient de plus remarquable, par Dom Jacques Bouillart. *Paris, G. Dupuis*, 1724, in-fol. avec plans et fig. grav., v.

559. Paris (Plan de), commencé en 1734 sous les ordres de Turgot et achevé de graver en 1739. Gr. in-fol., v. marbr. (*Aux armes de la ville de Paris*).

560. Paris. Histoire de l'Hôtel National des Invalides, dep. sa fondation jusqu'à nos jours, par Aug. Solard. *Paris*, 1849, 2 vol. in-8 portr., dem.-rel., v. bleu.

561. Provence (La Chorographie ou description de) et l'histoire chronologique du mesme pays, par Honoré Bouche. *Aix, Ch. David*, 1664, 2 vol. in-fol., frontisp. et cartes, v. m.

562. Rouen (Histoire de la ville de), divisée en 6 parties, sa description, l'état où elle étoit autrefois et ce qu'elle est à présent, les ducs de Normandie, etc., par un solitaire (L. Du Souillet). *Rouen*, 1731, 2 tom. en 1 vol. in-4, v. m.

563. St-Denys-en-France (Histoire de l'abbaye royale de), conten. la vie des abbez qui l'ont gouvernée depuis onze cens ans, les hommes illustres qu'elle a donnez à l'Eglise et à l'Etat, etc., par Dom Michel Félibien. *Paris, Fr. Léonard*, 1706, in-fol. av. plans et fig., v.

564. Savoie. 2 vol. in-8, dem.-rel.

Souvenirs du règne d'Amédée VIII, premier duc de Savoie, par le Marquis Costa de Beauregard. *Chambéry*, 1859. — Symon de Blonay ou le combat des mariés et des non-mariés. *Paris*, 1836.

## BOURGOGNE ET FRANCHE-COMTÉ

565. Abbaye de Saint-Seine (Recueil de différ. pièces concernant les droits de l') sur les habitans de la terre dudit lieu. *Dijon, Defay*. 1784, in-4, br.

566. Abbaye de Saint-Seine. Peintures murales. — In-4, rel. pleine en maroq. rouge du Levant, fil. à compart., mors en maroq., dentelle intérieure, tr. dor.

Suite de 26 aquarelles très soignées sur papier Bristol, représentant la vie et les miracles de Saint-Seine.

567. Aérostate de l'Académie de Dijon (Description de l'), conten. le détail des procédés, la théorie des opérations, les dessins des machines et les procès-verbaux d'expériences, par de Morveau, Chaussier et Bertrand. *Dijon, Causse*, 1784, in-8, fig., v. marbr.

568. Almanachs de la province de Bourgogne et particu-

lièrement de la ville de Dijon. *Dijon, Frantin*, années 1769 à 1788 inclus, 19 vol. in-8, br.

Manque l'année 1784.

569. ANNALES DE LA VILLE DE DIJON et ban-lieüe ou mémoires pour servir à l'histoire ecclésiastique et civile de la ville de Dijon. — 2 vol. in-fol , manuscrits, dem.-rel.

Ces annales manuscrites, composées au siècle dernier, sont fort importantes pour l'histoire de Dijon. Elles ont pour auteur l'abbé Chenevet, chapelain titulaire de la chapelle de Sᵗ Grégoire, érigée en l'église N. D. de Dijon. Elles sont divisées par périodes depuis le deuxième siècle jusqu'en 1775 environ. On trouve à la fin une partie intitulée : *Table chronologique des annales ecclésiastiques, civiles et littéraires de la ville et banlieue de Dijon depuis le IIᵉ siècle jusqu'à présent avec une suite chronologique des Papes, Empereurs, rois de Bourgogne et de France, bénéficiaires et héréditaires des anciens comtes et vicomtes de Dijon.* — La période des *temps antiques avant J. C.* a été complétée par M. Baudot qui y a joint un billet autographe de l'abbé Chenevet daté du 17 septembre 1763 dans lequel ce dernier expose le plan de son ouvrage. Le premier volume contient l'original autographe de l'abbé Chenevet avec diverses additions. Le second est une copie plus moderne mise au net du manuscrit original, commençant seulement au ivᵉ siècle et n'allant pas plus loin que l'année 1658. Elle parait avoir été préparée par M. Baudot pour l'impression.

570. AUTUN archéologique par les secrétaires de la société Eduenne et de la commission des antiquités d'Autun. *Autun, Dejussieu*, 1848, figures, dem.-rel., v. rouge.

571. AUTUN CHRÉTIEN, la naissance de son Eglise, les evesques qui l'ont gouverné et les hommes illustres qui ont esté tirez de son sein pour occuper les sièges les plus considérables de ce Royaume, etc. *Autun, G. Guillemin*, 1686, in-4, v.

572. AUTUN (Ordonnances synodales de Mgr l'illustr. et Reverendiss. évêque d'). *Autun, A. Chervau*, 1705, in-12, mar. rouge, fil. à comp., tr. dor. (*Rel. ancienne*). — Ordonnances synodales de l'évêque d'Autun. *Autun,*

1706, in-12, v. — Ordonnances synodales d'Autun. *Autun*, 1750, in-12, v. — Ens. 3 vol.

573. BARANTE (De). Histoire des Ducs de Bourgogne de la maison de Valois, 1364-1477. *Paris, Ladvocat*, 1824, 12 vol. in-8, dem.-rel., veau ant.

574. BÉGUILLET. Histoire des guerres des 2 Bourgognes, sous les règnes de Louis XIII et de Louis XIV. *Dijon, Defay*, 1772, 2 vol. in-12, veau.

575. BOUGAUD (L'abbé). L'Eglise Saint-Jean de Dijon. *Dijon*, 1863, in-8, br.

576. BOURGOGNE (Premier volume ou recueil des recherches sur l'histoire de) et de Dijon, extraite des historiens qui ont écrit sur cette province et sur cette ville, avec une table des historiens dont les extraits ont été tirez. — In-4, dem.-rel., v. vert.

Manuscrit de l'abbé Chenevet.

577. BOURGOGNE (Extrait des Mémoires servants à l'histoire des choses qui se sont passées en) pendant la première et seconde guerre civile au temps de la détention de MM. les Princes et après leur liberté, depuis 1650 jusqu'en 1660, envoyés à M. l'archevesque de Toulouse par le Sʳ Millotet, conseiller du Roy en ses conseils et son premier avocat-général au Parlement de Bourgogne.
— Apologie de la Franche-Comté de Bourgogne où sont contenues les véritables motifs de sa reddition sous l'obéissance du Roy de France en la présente année 1668.
— Lettre d'un Franc-Comtois à un sien amy de Bruxelles, par laquelle il fait voir la cause de la perte de la Franche-Comté. — In-fol., dem.-rel., v. marbr.

MANUSCRIT DU XVIIIᵉ SIÈCLE, composé de 257 pages. — C'est une copie de la main de Papillon.

**578. Bourgogne (Histoire de). Mélanges** 2 vol in-fol., dem.-rel., v. vert.

Manuscrit de l'abbé Chenevet. Voici les titres de quelques matières traitées : Mémoires sur les ducs de Bourgogne de la première race royale, avec une table des matières. — Officiers des ducs de Bourgogne, extrait des quittances d'amortissements qui sont aux archives de l'église Notre-Dame de Dijon. — Suite chronologique des sénéchaux de Bourgogne, maison de Vienne, maison de Saux, de Sombernon, de Fontaines, de Marrey, etc... — Etat de ceux qui tenaient le parti de la Ligue à Dijon et en Bourgogne et qui eurent la principale part dans les affaires de la Ligue. — Réunion des Etats du Comté d'Auxonne aux Etats généraux du duché de Bourgogne en 1639. — Terre et seigneurie de Pràlon. — Antiquæ Burgundionum leges. — Ordonnance faite par le duc Jean de Bourgogne sur les forteresses du duché de Bourgogne — Origines des notaires de Dijon. — Guerres en Bourgogne en 1635, 1636, 1637, 1650 et 1651, etc., etc.

**579. Bourgogne (Histoire religieuse de la). — Etat des abbayes, églises, collégiales, prieurés, monastères, etc., établis et fondés dans le duché de Bourgogne. — In-fol., dem.-rel., v. vert.**

Manuscrit de l'abbé Chenevet.

**580. Bourgogne. Relation faitte par Pierre Tabourot, bourgeois de Dijon, du siège mis par les Suisses devant la ville de Dijon en l'année 1513. — Mémoire contenant plusieurs choses arrivées en Bourgogne pendant la Ligue depuis 1585 jusqu'en 1598. — In-fol., dem -rel., v. marbr.**

Manuscrit du XVIII° siècle composé de 783 pag. — Copie de la main de Papillon.

**581. Bourgogne (Voyage pittoresque en) ou description historique et vues des monuments antiques et du moyen âge des départements de la Côte-d'Or et de Saône-et-Loire (texte par Maillard de Chambure, Peignot et autres). *Dijon*, 1833-35, 2 vol. in-fol., fig., dem.-rel , dos et coins de mar. vert, fil.**

**582. Bourgogne. 4 vol. in-8, rel.**

Origines Dijonnaises, par Roget de Belloguet. *Dijon*, 1851. — Les clercs à Dijon, note pour serv. à l'hist. de la Bazoche, par Ch. Muteau.

*Dijon*, 1857, in-8. dem.-rel., vél. bl. — Marguerite de Flandre, duchesse de Bourgogne, sa vie intime et l'état de sa maison, par Marcel Canat. *Dijon*, 1860, in-8, dem.-rel., mar. br. — Géologie et minéralogie de la Côte-d'Or, par Marcel Canat. *Dijon*, 1854, in-8, cart., dos de toile.

583. BOURGOGNES (Les deux), études provinciales. *Dijon*, 1836-38, 9 tom. en 4 vol. in-8, fig., dem.-rel., v. rose, tr. marbr.

584. BOYVIN (J.). Le siège de la ville de Dole, capitale de la Franche-Comté de Bourgongne et son heureuse délivrance. *Dôle, Ant. Binart*, 1637. — Lettre de Louis Petreny, Sʳ de Champvans, à J.-Bapt. Petreny, Sʳ de Chemin, son filz, conten. une bonne partie de ce qui s'est fait en campagne au Comté de Bourgongne pendant et après le siège de Dole. 1637, 2 parties en 1 vol. in-4, bas.

Taches de rousseur et piqûres de vers.

585. BULLIOT (G ). Essai historique sur l'abbaye de Saint-Martin d'Autun de l'ordre de Saint-Benoît. *Autun*, 1849, 2 vol. in-8, fig., dem.-rel., v. bl.

586. CHEVALIER. Mémoires historiques sur la ville et seigneurie de Poligny, avec des recherches relatives à l'histoire du Comté de Bourgogne et de ses anciens souverains. *Lons-le-Saunier, P. Delhorme*, 1767, 2 vol. in-4, v.

587. CHIFFLET (Le P. Franç ). Lettre touchant Béatrix, comtesse de Chalon, laquelle déclare quel fut son mary, quels ses enfans, ses ancestres et ses armes, envoyée à Lantin, conseiller du Roy, av. une table généalogiq. qui fait descendre du comte Lambert cette princesse, aussi bien que son mary. *Dijon, Ph. Charance*, 1656. in-4, figures, v.

Quelques taches d'eau. — Volume rare.

588. Chifflet (P. Fr.). Histoire de l'abbaye royale et de la ville de Tournus avec les preuves. *Dijon, Chavance,* 1664, 2 parties en 1 vol. in-4, v.

589. Chiffletii (J. J.) Vesontio civitas imperialis libera Sequanorum metropolis. *Lugduni,* 1650, 2 part. en 1 vol. in-4, vél.

590. Colet (L'abbé). Annales du monastère de la Visitation de Dijon suivies de la vie de la mère Anne-Séraphine Boulier, religieuse de ce monastère. *Dijon,* 1854, in-8, dem.-rel., v. fauve.

591. Collectio Privilegiorum ordinis Cisterciensis. (In fine :) *Opera et impensa Rererendissimi in Christo Patris et domini domini Johannis abbatis Cistercii... impressum Divione per Magistrum Petrum Metlingei Alemanum anno Domini M.CCCC. nonagesimo primo iiij Nonas Julias.* In-4, goth., rel. en peau de truie, fil., tr. dor. (*Rel. moderne*).

Premier livre imprimé a Dijon, dans l'hôtel du Petit-Citeaux, rue Saint-Philibert. L'imprimeur, Pierre Metlinger, était un prêtre, originaire d'Augsbourg, qui avait fait ses études à l'Université de Bâle. Il avait travaillé comme typographe dans l'atelier de Jean d'Amerbach à Bâle et fut envoyé avec le beau-fils de ce dernier à Besançon où il introduisit l'imprimerie en 1487. En 1490, il exerça à Dole, en 1491, il arrive à Dijon, appelé par Jean de Cirey, abbé de Citeaux, qui lui fait imprimer le présent livre des Priviléges de l'Ordre de Citeaux. — Cet exemplaire, très grand de marges et bien conservé, est un de ceux qui ont été authentiqués par ordre de l'abbé et qui portent à la fin la signature de Conrad de Léonberg (*F. Conradus Leonbergensis*). son secrétaire. — Léger raccommodage au titre et cachets de la bibliothèque de J. Richard.

592. Congrès scientifique de France, séance tenue à Dijon en août 1854. *Paris,* 1855, in-8, dem.-rel., v. viol.

593. Cote-d'Or (Mémoires de la Commission des antiquités du département de la). Années 1838 à 1873. *Dijon.* 1841-73, 8 vol. in-4, figures, dem.-rel., chagr. vert.

594. Cote-d'Or. Carte géologique en 8 feuilles montées sur toile. *Paris, Andriveau-Goujon, s. date*, in-fol., dans un étui.

595. Cote-d'Or (Atlas cantonal du département de la), dressé d'après les plans du cadastre par F. C. Bussel, publié par Bachet et Conterelle. *Dijon*, 1846, gr. in-fol., dem.-rel., v. fauve.

596. Darcy (H.). Les fontaines publiques de la ville de Dijon, exposition et application des principes à suivre et des formules à employer dans les questions de distribution d'eau. *Paris*, 1856, in-4, avec un atlas, dem.-rel., v. vert.

597. Des Marches. Histoire du Parlement de Bourgogne de 1733 à 1790, complétant les ouvrages de Palliot et de Petitot. *Chalon S. S.*, 1851, in-fol., dem.-rel., v. m.

598. Dijon (Compte xxiij^e de Jehan Tricouldet, commis à la recepte générale des deniers de la ville de), rentes, amendes, explois de justice, comme aultres droiz appartenans à ladicte ville pour ung au commençant le lendemain de feste de la Nativité Sainct Jehan Baptiste, mil cinq cens et dix et finissant le jour de la semblable feste de Sainct Jehan Baptiste mil cinq cens et unze, lesdicts jours incluz. Pour lequel an de ce présent compte a esté viconte maieur, noble homme Bénigne de Cirey, conseiller du Roy, nostre sire. — In-fol., v., mi-partie bleu et jaune.

Manuscrit sur vélin, interfolié de papier blanc, provenant de la collection d'Alexis Monteil. — Parfait état de conservation.

599. Dijon (Recueil de plusieurs chartes, pièces et mémoires concernans l'histoire de la ville de) avec une table des matières. 1759, in-4, dem.-rel., v. vert.

Manuscrit de l'abbé Chenevet. — Parmi les mémoires qui composent ce recueil on en trouve un qui est intitulé : *Notes sur les anciens hôtels de Dijon.*

600. DIJON (Recherches sur les anciens privilèges de la ville de), l'établissement de sa Commune, sa confirmation par les ducs de Bourgogne et les rois de France, ses maires et échevins, les assemblées de la Commune, ses prévôts et baillis, les Parlemens et autres cours de justice, leurs officiers, les lieux de leurs assemblées, la tenue des Etats de la province en cette ville et autres articles qui intéressent la ville de Dijon, 1771. — In-fol., dem.-rel., v. vert.

> Manuscrit de l'abbé Chenevet.

601. DIJON. Eglises et hôpitaux. — Notes sur l'établissement des Jésuites en Bourgogne et sur les conditions auxquelles ils furent obligés de se soumettre lorsqu'ils revinrent après en avoir été chassés. — In-fol., dem.-rel., v. vert.

> Manuscrit de l'abbé Chenevet.

602. DIJON et ses monuments, par le B^on Taylor. *Paris,* 1864, gr. in-fol., dem.-rel., dos et coins de mar. rouge.

603 DROZ. Essai sur l'histoire des Bourgeoisies du Roi, des Seigneurs et des villes. *Besançon, Daclin,* 1760. — Mémoires pour servir à l'histoire de la ville de Pontarlier, par le même. *Besançon, Daclin,* 1760, 2 ouvr. en 1 vol. in-8, veau.

604. DUBOIS (L'abbé). Histoire de l'abbaye de Morimond. *Dijon,* 1852, in-8, 1 plan, dem.-rel., v. antiq.

605. DU CHESNE (André). Histoire des Roys, ducs et comtes de Bourgongne et d'Arles, extraicte de diverses chartres et chroniques anciennes. *Paris, Cramoisy,* 1619, 1 vol.

— Histoire généalogique des ducs de Bourgogne de la maison de France, à laquelle sont adjoustez les seigneurs de Montagu, de Sombernor et de Conches, issus des mesmes ducs. *Paris, Cramoisy*, 1628, 1 vol. — Ens. 2 vol. in-4, v.

606. DUCOURNEAU et MONTEIL. La France Nationale. Province de Bourgogne. *Paris, s. d.*, in-4, fig., dem.-rel., chagr. Lavallière, tr. marbr.

607. DUNOD DE CHARNAGE. Histoire des Sequanois et de la province sequanoise des Bourguignons et du premier royaume de Bourgogne, de l'Eglise de Besançon jusques dans le sixième siècle et des abbayes nobles du comté de Bourgogne. *Dijon, de Fay*, 1735, 2 vol. — Mémoires p. servir à l'histoire du Comté de Bourgogne, conten. l'histoire générale de la noblesse et le nobiliaire dudit Comté, l'histoire des Comtes de Bourgogne, etc. *Besançon*, 1740, 1 vol. — Ens. 3 vol. in-4, v.

608. ESSAI sur l'histoire des premiers rois de Bourgogne et sur l'origine des Bourguignons (par Legouz de Gerland). *Dijon, Frantin*, 1770, in-4, figures, veau.

609. FEVRETUS (Car.). De claris fori Burgundici oratoribus dialogus. *Divione, P. Palliot*, 1653, pet. in-8, v.

610. FIEFS DE DIJON. Inventaire des fiefs du bailliage principal de Dijon qui comprend les sièges particuliers d'Auxonne, Beaune, Nuits et St-Jean de-Losne. — In-fol., v.

MANUSCRIT DU XVIII<sup>e</sup> SIÈCLE composé de 135 feuillets.

611. FONDATION, construction, œconomie et reglements des hospitaux du S. Esprit et de Nostre-Dame de la Charité en la ville de Dijon. *Dijon, P. Palliot*, 1649, in-4, av.

1 grande planche grav. se déployant, v. oliv., dent., dos orn., tr. rouge.

612. Gandelot. Histoire de la ville de Beaune et de ses antiquités. *Dijon, Frantin*, 1772, in-4, br., non rogn.

613. Garreau. Description du gouvernement de Bourgogne suivant ses principales divisions temporelles, ecclésiastiques, militaires et civiles. *Dijon, de Fay*, 1734, in-8. v. — Querret. Etat par ordre alphabétique des villes, bourgs et villages du comté de Bourgogne. *Paris*, 1748, in-8, v. — Nouvel état général et alphabét. des villes, bourgs et paroisses, villages, hameaux et écarts en dépendant compris dans les Etats du duché de Bourgogne, comtés et pays adjacents. *Dijon, De Fay*, 1783, in-4, v.

614. Gollut (L.). Les Mémoires historiques de la République Séquanoise et des princes de la Franche-Comté de Bourgongne. *Dole, Dominique*, 1592, in-fol., v.

615. Gollut (L.). Les Mémoires historiques de la République Séquanoise. *Dijon, P. Palliot*, 1647, in-fol., v.

616. Guillaume (J.-B.). Histoire généalogique des Sires de Salins. avec des notes historiques et généalogiques sur l'ancienne noblesse de cette province. *Besançon, s. d.*, 2 vol. in-4, fig., v. marbr.

617. Heuterus (Pontus), Delphus. Rerum Burgundicarum libri sex, in quibus describuntur res gestæ Regum, ducum, comitumque utriusque Burgundiæ. *Antuerpiæ, Chr. Plantinus*, 1584, in-fol., vél.

618. Histoire de la maison magistrale, conventuelle et hospitalière du Saint-Esprit fondée à Dijon l'an 1204 par Eudes III du nom, duc de Bourgogne et perpétuée jusqu'à ce tems pour la conservation des enfans exposés.

Cette histoire contient aussi l'histoire du dit ordre, ses progrès, ses révolutions, sa décadence en ce royaume, la chronologie des ducs de Bourgogne avec quelques traits historiques concernans cette province et l'établissement du Grand Hôpital Notre Dame de la Charité de cette ville et son accroissement, le tout recueilly des Archives de cette maison et orné de figures (par le P. François Calmelet, commandeur de la Maison). — In-fol., v. marb.

Très beau et intéressant manuscrit du XVIII⁰ siècle, d'une écriture très soignée, orné de dessins au lavis représentant diverses vues, des costumes, des monuments, etc... Une note manuscrite jointe au volume est ainsi conçue : « Ce Manuscrit provient directement de Dom Calmelet qui l'a légué à M. le chanoine Petit. Celui-ci, en mourant, l'a laissé à M. Toussaint père, bibliothécaire de la ville de Dijon, et, à la mort de ce dernier, sa veuve l'a vendu à M. Tussat qui me l'a remis en 1848. » (Voir Mémoires de l'Académie de Dijon, année 1832, p. 74). — On a joint en tête le billet original de *faire part* de l'enterrement de François Calmelet, l'auteur dudit manuscrit.

619. Histoire générale et particulière de Bourgogne, avec des notes, des dissertations et les preuves justificatives, par un religieux bénédictin de l'abb. de S.-Bénigne de Dijon (par D. Urbain Plancher et Dom Merle). *Dijon, A. de Fay*, 1739-81, 4 vol. in-fol., v.

620. Historicorum Burgundiæ conspectus ex bibliotheca Philib. de La Mare senatoris Divionensis. Ph. de La Mare, senatoris Divionensis, commentarius de bello Burgundico. *Divione*, 1689, 2 part. en 1 vol. in-4, v.

621. Illustre Orbandale (L'), ou l'histoire ancienne et moderne de la ville et cité de Chalon-sur-Saône, enrichie de plusieurs recherches curieuses (par L. Bertaud et P. Cusset). *Chalon-sur-Saône, P. Cusset*, 1662, 2 vol. in-4, v.

622. Jolimont (T. de). Description historique et critique et vues pittoresques des monumens les plus remarquables

7

de la ville de Dijon. *Paris*, 1830, in-4, dem.-rel., v. vert, non rogné.

623. JOLY (Hect.). Traité de la Chambre des Comptes de Dijon, son antiquité et establissement, ses honneurs, privilèges et prérogatives. *Paris, Palliot*, 1653, in-fol., veau. (*Mouillures*).

624. JOURNAL de ce qui s'est passé à Dijon à l'occasion de la rentrée du Parlement et des autres Cours de la province, avec la description d'un char de triomphe, dédié au Roi en reconnaissance de la félicité qui naît de cet événement; on a joint les prédictions de Mathieu Laensberg et les prophéties de Joseph Moult pour 1788 et 1789 seulement. *Kehl, Baskerville*, et *Dijon*, 1799, in-8, dem.-rel., v. marbr.

625. JUENIN (P.). Nouvelle histoire de l'abbaïe royale et collégiale de Saint-Filibert et de la ville de Tournus. *Dijon, A. de Fay*, 1733, 2 tom. en 1 vol. in-4, fig., v.

626. JURAIN (Cl.). Histoire des antiquitez et prérogatives de la ville et conté d'Aussonne, conten. plusieurs belles remarques des duché et conté de Bourgongne, plus la harangue funèbre du deffunct Henry-le-Grand et une prière pour le Roy d'à présent du mesme autheur. *Dijon, Cl. Guyot*, 1611, 2 part. en 1 vol. in-8, vél.

Envoi signé de l'auteur sur le titre.

627. LA BORDE. Description de la France. Département du Rhône ; gouvernement de Bourgogne ; Franche-Comté, Vivarais, Languedoc. *Paris*, 1781, 1 vol. gr. in-fol., fig., v. éc., fil., tr. dor.

Bel exemplaire de PREMIER TIRAGE.

628. LACUISINE (De). Le Parlement de Bourgogne, depuis son origine jusqu'à sa chute, précéd. d'un discours pré-

liminaire sur la ville de Dijon. *Dijon*, 1857, 2 vol. gr. in-8, portr., dem.-rel., chagr. viol.

629. LAPEROUSE (G.). L'histoire de Châtillon. *Châtillon-sur-Seine*, 1837, in-8, frontisp. et carte, dem.-rel., v. br.

630. LEGOUZ DE GERLAND. Essai sur l'histoire des premiers rois de Bourgogne, et sur l'origine des Bourguignons. *Dijon, Frantin*, 1770, fig. — Dissertations sur l'origine de la ville de Dijon et sur les antiquités découvertes sous les murs bâtis par Aurélien. *Dijon, Frantin*, 1771, fig. — Séance publique tenue le 20 juin 1773, dans le sallon du Jardin des Plantes, pour l'ouverture du premier cours de botanique (par le même). *Dijon, Causse*, 1773, 3 ouvr. en 1 vol. in-4, dem.-rel. anc.

631. LE GRAND (Le P.). L'histoire saincte de la ville de Châtillon-sur-Seine au duché de Bourgongne, conten. la vie et les miracles de S. Vorle, patron du lieu, l'enfance de S. Bernard et les miracles de l'image de la S^te-Vierge. *Autun, Bl. Simonnot*, 1651, 2 part. en 1 vol. in-8, veau.

632. LETTRE du 11 mars 1757, par un patriote, sur la manière dont on fait l'instruction du procès de Damiens. — Lettre du 29 juin 1761 de M. de Tarente, évêque d'Orléans, sur l'union de la Sainte-Chapelle à la cathédrale de Dijon. — Copie d'une lettre contenant la relation de l'exécution de MM. Le Grand de Cinq-Mars et de Thou. — Révolte à Dijon en 1630 connue sous le nom de Lanturelu. — In-fol., v.

> MANUSCRIT DU XVIII^e SIÈCLE, composé de 174 pages d'une bonne écriture. — Copies qui paraissent être de la main de Papillon.

633. MACON (Inventaire des fiefs du baillage de). — CHALON (Inventaire des fiefs du baillage de). — AUTUNOIS (Fiefs de l'). — In-fol., v. marbr.

> MANUSCRIT DU XVIII^e SIÈCLE, d'une bonne écriture.

634. **Maillard de Chambure.** Dijon ancien et moderne, recherches historiques tirées de monuments contemporains, la plup. inédits. *Dijon*, 1840, in-8, illustré par E. Sagot, dem.-rel., chagr. vert.

635. **Mélanges historiques** sur la Bourgogne. Parlement, familles, documents divers. — 4 vol. in-fol. et in-4, dem.-rel., v. vert.

> Manuscrits de l'abbé Chenevet. — Parmi les sujets traités on trouve les suivants : Mémoires sur les tribunaux de justice établis en Bourgogne et particulièrement à Dijon, depuis les premiers rois de Bourgogne jusqu'à présent. — Extrait des registres des Parlemens de Dijon, Flavigny et Semur, des registres de MM. les Elus de ceux de la ville de Dijon et du journal de M. Brenot, conseiller au Parlement de Dijon, contenant ce qui s'est passé à Dijon pendant la Ligue, depuis l'an 1588 jusqu'en l'année 1595. — Etc., etc.

636. **Mémoire** pour les Elus-Généraux des Etats du duché de Bourgogne contre le Parlement, Cour des Aydes de Dijon, par M. V. S. E. C. D. E. D. B. (par de Varenne). *Paris*, 1762, in-8, br.

637. **Mille.** Abrégé chronologique de l'histoire ecclésiastique, civile et littéraire de Bourgogne, depuis l'établissement des Bourguignons dans les Gaules jusqu'à l'année 1772. *Dijon, Causse*, 1771, 3 vol. in-8, cartes, v. fauve, fil., tr. dor.

638. **Moreletus** (Joa.), dominus Concheii, Divionensis, Bellum Sequanicum secundum. *Divione, vidua P. Chavance*, 1668, in-8, v. antiq.

639. **Munier** (J.). Recherches et mémoires servans à l'histoire de l'ancienne ville et cité d'Autun. *Dijon, Ph. Chavance*, 1660, 2 part. en 1 vol. in-4, fig. d'armoiries, v.

640. **Navigation de Bourgogne** ou mémoires et projets pour augmenter et établir la navigation sur les rivières

du duché de Bourgogne (tome I<sup>er</sup>). *Dijon, Frantin*, 1774, in-4, fig., br.

641. Nesle (E.). Album pittoresque de l'arrondissement de Châtillon-sur-Seine. *Dijon*, 1853, gr. in-fol., dem.-rel., mar. rouge.

642. Papillon. Bibliothèque des auteurs de Bourgogne. *Dijon*, 1745, 2 tom. en 1 vol. in-fol., portr., veau.

643. Palliot (Pierre). Le Parlement de Bourgongne, son origine, son établissement et son progrès. *Dijon*, 1749, in-fol., v. m.

644. Paradinus (G.). De antiquo statu Burgundiæ liber. *Lugduni, Steph. Doletus*, 1542, pet. in-4, vél.

645. Paradin, de Cuyseaulx. Annales de Bourgogne. *Lyon, Gryphius*, 1566, in-fol., titre et portr. grav., v.

646. Parlement de Bourgogne. Extraits par ordre alphabétique des registres dits « Journaux » depuis 1559 jusqu'en 1712. — In-fol., v.

Manuscrit du xviii<sup>e</sup> siècle, d'une bonne écriture, composé de 428 ff.

647. Citeaux (Ordre de). Recueil de mémoires, consultations et factums relatifs à un procès pour les abbés de la Ferté, Pontigny, Clairvaux et Morimond, appellans comme d'abus des décrets formés dans l'assemblée générale tenue à Citeaux au mois de mai 1765. — In-4, v. marbr.

648. Pérard (Est.). Recueil de plusieurs pièces curieuses servant à l'histoire de Bourgogne. *Paris, Cramoisy*, 1664, in-fol., v.

649. Perry (Le P. Cl.). Histoire civile et ecclésiastique ancienne et moderne de la ville et cité de Chalon-sur-Saône, enrichie des choses qui appartiennent à son diocèse et re-

gardent l'étenduë du ressort du baillage et quelques particularitez de la province. *Chalon-sur-Saône, Ph. Tan,* 1659, in-fol., frontisp. et vue de Chalon, v. marbr. (*Armoiries de la ville de Chalon sur les plats.*)

650. Principiis vegetationis (De) et agriculturæ et de causis triplicis culturæ in Burgundia disquisitio physica, auct. E. B. D. (Beguillet). *Divione, Frantin,* 1768, in-8, dem.-rel., v. marbr.

651. Rerum Burgundionum chronicon in quo etiam rerum Gallicarum tempora accurate demonstrantur ; ex Biblioth. historica Nic. Vignierii Barrensis ad Sequanam. *Basileæ, Th. Guarinus,* 1575, in-4°, v.

652. Réveil de Chyndonax (Le) prince des Vacies, druydes celtiques dijonois, avec la saincteté, religion, et diversité des cérémonies observées aux anciennes sépultures par J. G. (Guénebauld) D. M. D. (docteur-médecin Dijonnois). *Dijon, Cl. Guyot,* 1621, in-4°, fig., v.

653 Rossignol. Histoire de la Bourgogne, pendant la période monarchique. *Dijon,* 1853, in-8°, dem.-rel.

654. Rossignol. Histoire de Beaune, depuis les temps les plus reculés jusqu'à nos jours. *Beaune,* 1854, in-8°, figures, dem.-rel., v. vert.

655. Rossignol. Ouvrages divers, 3 vol. in-8, dem.-rel.

Histoire de la Bourgogne pendant la période monarchique. *Dijon,* 1853. — La Fête des fous et la Mère-Folle de Dijon. *Paris,* 1855. (*Tiré à 45 exemplaires*). — De la valeur de Dion Cassius, dans le récit de la conquête de la Gaule. *Dijon,* 1860.

656. Saint Etienne de Dijon. Histoire de l'Eglise abbatiale et collégiale de), avec les preuves et le pouillé des bénéfices dépendans de cette abbaie (par l'abbé Fyot). *Dijon,* 1696, 2 tom. en 1 vol. in-fol., v.

657. Sainct Julien (Pierre de). De l'origine des Bourgon-

gnons, et antiquité des Estats de Bourgongne. *Paris,
N. Chesneau,* 1581, in-fol., cartes et plans, v.

658. Siège de S<sup>t</sup> Jean de Losne. Histoire du siège de
S<sup>t</sup>-Jean de Loone (*sic*) par l'armée Impériale sous le
commandement du général Gallas avec ce qui s'est passé
de plus considérable en Bourgogne, l'an 1636. *S. l. n.
d.* In-12, de 216 pag., dem.-rel.

> Cette histoire du siège de S<sup>t</sup> Jean de Losne est un livre bourguignon
> de la dernière rareté. — Suivant une note de l'abbé Leprince, reproduite
> sur la garde de l'exemplaire, il est dit que cette histoire est « imparfaite
> et non achevée à cause de l'incendie qui est arrivé chez Michard en 1704,
> lorsqu'il achevoit l'impresion de laquelle il ne s'est pu recouvrer que
> celui-ci et deux autres dont M. de Clumes en a l'un qui en étoit l'auteur
> et l'autre, M. de Thésut, intendant de M. Le Prince ». Cet exemplaire va
> jusqu'au cahier N ramassé ou recherché le 1<sup>er</sup> février 1711 pour les
> bonnes feuilles tirées par l'imprimeur, contient les feuilles suivantes de
> O à S en épreuves avec les corrections indiquées. (Voir Papillon, Bi-
> bliothèque des auteurs de Bourgogne, article *Jacques de Clumes.*)

659. Thomas (Alex.). Une Province sous Louis XIV, situa-
tion politique et administrative de la Bourgogne de 1661
à 1715 *Paris,* 1484, in-8°, dem.-rel., mar. viol.

660. Thomas (Edme). Histoire de l'antique cité d'Autun.
*Autun,* 1846. In-4, fig. dans le texte, dem.-rel., mar.
vert, non rogné.

661. Thomas (J.). La délivrance de Dijon en 1513 d'après
les documents contemporains. *Dijon,* 1898. gr. in-8°, br.

662. Xainctonge (Pierre de). Discours et harangues pro-
noncés au Parlement de Dijon depuis 1675 jusques en
1625. *Paris, Cramoisy,* 1625, in-8°, vél.

## CHRONOLOGIE. — HISTOIRE UNIVERSELLE. — HISTOIRE ANCIENNE. — HISTOIRE DES PAYS ÉTRANGERS. — GÉOGRAPHIE. — VOYAGES.

663. Angleterre. 11 vol. in-12, et in-4, rel.

> Mémoires de la Cour d'Angleterre par M<sup>me</sup> D... (D'Aulnoy). *Paris, Cl.
> Barbier,* 1695, 2 vol. in-12. — Histoire des Révolutions d'Angleterre

depuis le commencement de la Monarchie, par le P. d'Orléans. *Paris*, 1744, 4 vol. in-12, v. marbr. — Histoire de Henry VIII, roy d'Angleterre, par de Massolier. *Paris*, 1724, 2 vol. in-12, vél. — Histoire d'Olivier Cromwell par Raguenet. *Paris, Cl. Barbin*, 1691. In-4, portr., v. — Vie de Cromwell par G. Leti. *Amsterdam*, 1696. 2 vol. in-12, portr., v.

664. ART DE VÉRIFIER LES DATES (L') des faits historiques, des chartes, des chroniques et autres anciens monumens, par un religieux bénédictin de la congrégat. de S$^t$-Maur (par Dom Clément). *Paris*, 1770, in-fol., v.

665. ART DE VÉRIFIER LES DATES (L') des faits historiques, des chartes, des chroniques et autres anciens monumens par un religieux de la congrégation de Saint-Maur (Dom Clément), publ. par de Saint-Allais. *Paris*, 1818-20, 6 vol. in-4°, dem.-rel., toile grise.

666. BEAUMONT-VASSY (le Vicomte de). Histoire des Etats Européens, depuis le congrès de Vienne. *Paris*, 1843, 2 vol. in-8°, dem.-rel., chagr. vert.

667. CAMPAGNES DE CHARLES XII (Les) roy de Suède (par Grimarest). *Paris*, 1711, 4 vol. in-12, portr., v. — Histoire de Maurice, comte de Saxe, maréchal-général, duc de Curlande (par Néel). *Mittaw*, 1754, 2 vol. in-12, portr., v. — Ens. 6 vol.

668. CARTES GÉOGRAPHIQUES (Catalogue des), topographiques et marines de la bibliothèque du prince Alex. Labanoff de Rostoff à S$^t$-Pétersbourg, suiv. d'une notice de manuscrits. *Paris*, 1823, in-8°, pap. vél., dem.-rel., v. r., fil., non rogn.

Un des 30 exemplaires tirés sur GRAND PAPIER VÉLIN.

669. BEAUFORT (de). La République romaine et plan général de l'ancien gouvernement de Rome. *Paris*. 1768, 6 vol. in-12, dem -rel., non rognés.

670. CAILLAUD (Fréd.). Voyage à l'oasis de Thèbes et dans

les déserts situés à l'Orient et à l'Occident de la Thébaïde. *Paris, Imprim. Royale*, 1821. In-fol., fig., dem.-rel., mar. viol., non rogné. — Voyage à Méroé, au Fleuve Blanc, etc..., fait de 1819 à 1822 par Fréd. Caillaud. *Paris*, 1826, 4 vol. in-8, dem.-rel., v. fauve.

671. CATALOGUE analytique des archives du baron de Joursanvault, conten. une précieuse collection de manuscrits, chartes et documens originaux, au nombre de plus de quatre-vingt mille. *Paris*, 1838, 2 vol. in-8, dem.-rel., toile.

672. CATROU ET ROUILLÉ (Les P. P.). Histoire romaine dep. la fondation de Rome, avec des notes historiques, géograph. et critiques, des gravures en taille-douce, des cartes géographiques et plus. médailles authentiques. *Paris*, 1725-37, 20 vol. in-4, frontisp. et fig., v. marbr.

673. CHAPPE D'AUTEROCHE. Voyage en Sibérie par ordre du Roi en 1761, conten. les mœurs, les usages des Russes et l'Etat actuel de cette puissance, la description géographiq. avec des gravures qui représentent les usages des Russes, leurs mœurs, leurs habillements, etc. *Paris*, 1768, 2 tom. en 3 vol. gr. in-4, frontisp. et fig. v. fauve.

674. COUSIN. Histoire de Constantinople depuis le règne de l'ancien Justin jusqu'à la fin de l'Empire. *Paris, P. Rocolet*, 1672-74, 8 vol. in-4, v. gr. — Histoire de l'Empire d'Occident. *Paris, Cl. Barbin*, 1683. 2 vol. in-12, v. — Ens. 10 vol.

675. CURTII RUFI (Q.) historiarum libri accuratissime editi. *Lugd. Batavorum, ex off. Elzeviriana*. 1656. Pet. in-12, frontisp. et carte grav., mar. rouge, fil., tr. dor. (*Rel. ancienne*).

Exemplaire du président DE BROSSES avec sa signature sur le titre.

676. DE FER. Les forces de l'Europe. *Paris*, (vers 1690).
2 vol. in-4, v. br.

Recueil composé de vues de villes et plans de places fortes de la France, de l'Allemagne, de la Suisse, de l'Italie, etc... gravées par N. de Fer, précédé d'une *Introduction à la fortification*.

677. EGYPTE (Description de l') ou recueil des observations et des recherches qui ont été faites en Egypte pendant l'expédition de l'armée française, publ. par C. L. F. Panckoucke. *Paris, Panckoucke*, 1826-29, 24 vol. in-8, de texte, rel. en v. viol., imitant le maroq. à grains longs, fil. et cartouches s. les plats, dent. intér., tr. dor. — 10 vol. gr. in-fol. et 2 atlas in-fol., maximo, dem.-rel., mar. viol., non rognés.

678. DU TERTRE (Le R. P.). Histoire générale des Antilles habitées par les François, contenant tout ce qui s'est passé dans l'establissement des colonies françoises. *Paris, Ch. Jolly*, 1667, 4 vol. in-4, cartes et figures grav., v. gr.

Livre rare. — L'exemplaire est malheureusement incomplet.

679. EPHÉMÉRIDES politiques, littéraires et religieuses, présentant pour chacun des jours de l'année un tableau des événemens remarquables qui datent de ce même jour dans l'histoire de tous les siècles et de tous les pays, jusqu'au 1er janvier 1812. *Paris*, 1812, 12 vol. in-8, dem.-rel., v. fauve

680. ESPAGNE. 14 vol. in-12 et in-8, rel. et br.

Abrégé de l'histoire d'Espagne. *Rouen*, 1663. 2 vol. in-12, v. — Relation des différends arrivez en Espagne entre Jean d'Autriche et le cardinal Nitard. *Paris, Cl. Barbin*, 1677. 2 vol. in-12, v. — Histoire secrète de Henry IV, roy de Castille (par Mlle de la Force) *Paris*, 1695. In-12, v. — Histoire publique et secrète de la Cour de Madrid (par J. Roussel). *Liège*, 1719. 2 vol. in-12, br. — Histoire de la Conjuration des Espagnols contre la République de Venise, par Saint-Réal. *Londres*, 1800. In-8, mar. rouge, fil., tr. dor. — Histoire du ministère du Cardinal Ximénès, archevêque de Tolède, régent d'Espagne, par Marsollier. *Tou:*

*louse*, 1694. 2 vol. in-12, portr., v.—Etat présent de l'Espagne, par l'abbé de Vayrac. *Paris*, 1718. 4 vol. in-12, v.

681. Fastes juifs, romains et françois, ou élémens pour le cours d'histoire du Collège-Godran de Dijon. *Dijon et Paris*, 1782, 2 vol. in-8, maroq. rouge, large dent. s. les plats, dos orn., tr. dor. (*Rel. anc.*).

682. Frantin. Annales du Moyen-Age, comprenant l'histoire des temps qui se sont écoulés depuis la décadence de l'Empire romain jusqu'à la mort de Charlemagne. *Dijon, Lagier*, 1825-26. 8 vol. in-8, dem.-rel.

683. Fumée (Martin), sʳ de Genillé. Histoire géneralle des troubles de Hongrie et Transilvanie. *Paris*, 1608, 2 tom. en 1 vol. in-4, fig., v.

    Le titre est remonté.

684. Guer. Mœurs et usages des Turcs, leur religion, leur gouvernement civil, militaire et politique, av. un abrégé de l'histoire ottomane. *Paris*, 1747, 2 vol. in-4, frontisp. et fig., v. m.

    Exemplaire en Grand-Papier.

685. Guichardin (Fr.). Histoire des guerres d'Italie, trad. de l'ital. 1490-1508. *Londres*, 1738, 3 vol. in-4, v.

686. Hammer (de). Histoire de l'Empire Ottoman depuis son origine jusqu'à nos jours, trad. de l'allem. par Hellert. *Paris*, 1835-43, 18 vol. in-8°, et atlas in-fol., dem.-rel., veau fauve.

687. Hilliard d'Auberteuil. Essais historiques et politiques sur les Anglo-Américains. *Bruxelles*, 1782, 2 vol. in-4°, frontip. grav., et figures de Le Barbier, v. éc., fil., dent. intér., tr. dor.

688. Histoire. 9 vol. in-12 et in-8, rel.

    Instruction pour l'histoire, par le P. Rapin. *Paris, Cramoisy*. 1677.

In-12, v. — Discours sur l'histoire universelle, par J.-B. Bossuet. *Paris,
Chr. David*, 1730, 2 vol. in-12 v. — L'Esprit de l'histoire, par Ferrand.
*Paris, an XIII*, 4 vol. in-8, dem.-rel. — Histoire de la décadence de
l'Empire après Charlemagne et les différends des Empereurs avec les
Papes. *Paris, Cramoisy*, 1679, 2 vol. in-12, v.

**689.** HISTOIRE du Congrès de Vienne, par l'histoire de la
diplomatie française (par de Flassans). *Paris*, 1829, 3
vol. in-8°, dem.-rel., chagr. rouge.

**690.** HISTOIRE GÉNÉRALE DE L'EUROPE. 19 vol. in-12, rel.

Nouvelles ou mémoires historiques conten. ce qui s'est passé de plus
remarquable dans l'Europe tant aux guerres, prises de places et batailles
sur terre et sur mer depuis 1672 jusqu'à 1679 (par M^me d'Aulnoy). *Paris,
Cl. Barbin*, 1693, 2 vol. in-12, v. — Mémoires chronologiques pour servir
à l'histoire prophane de l'Europe depuis 1600 jusqu'en 1716. *Amsterdam*,
1725, 4 vol. in-12, v. — Mémoires pour servir à l'hist. universelle de
l'Europe dequis 1600 jusqu'en 1716, par le P. d'Avrigny. *Paris*, 1757, 5
vol. in-12, dem.-rel., non rogn. — Mémoires instructifs pour un voyageur
dans les divers Etats de l'Europe conten. des anecdotes curieuses très
propres à éclairer l'histoire des temps rédigés par Fréd. de Merveilleux,
d'après des notes fournies par de la Meloniére, réfugié français. *Amsterdam*, 1738, 2 vol. in-12, v. — L'Espion dans les Cours des princes
chrestiens ou lettres et mémoires d'un envoyé secret de la Porte dans les
Cours de l'Europe (par Jean-Paul Marana). *Cologne*, 1739, 6 vol. in-12,
portr., v. fauve.

**691.** HISTOIRE ROMAINE. 43 vol. in-12, rel.

Histoire Romaine depuis la fondation de Rome, par les PP. Catrou et
Rouillé. *Paris*, 1731, 20 vol. in-12, v. — Histoire Romaine, par Laurent
Echard. *Paris*, 1737, 16 vol. in-12, v. m. — Abrégé de l'Histoire Romaine
de Rollin, par l'abbé Taillé. *Lausanne*, 1744, 4 vol. in-12, fig. — Mémoires
de la Cour d'Auguste, trad. de l'angl. de Th. Blackwell et de J. Mills.
*La Haye*, 1768, 3 vol. in-12, demi-rel., non rogn.

**692.** HISTOIRE moderne des Chinois, des Japonais, des
Indiens, des Persans, des Turcs, des Russiens, etc. (par
l'abbé de Marsy et Richer). *Paris*, 1755, 30 vol. in-12,
v. marbr. — CATROU (le P.). Histoire générale de l'Empire du Mogol. *Paris*, 1705, 2 vol. in-12, carte, v. —
ORLÉANS (le P. d'). Histoire de Constance, prem. ministre
du roy de Siam. *Tours*, 1690 In-12, v. — Ens. 33 vol.

**693.** HOLLANDE. 4 vol. in-12, rel.

Les délices de la Hollande, conten. une description fort exacte de son païs, de ses villes, etc. *Amsterdam*, 1678, pet. in-12, front. gravé et plans de villes, v. — Délices des Païs-Bas ou descript. générale de ses 17 provinces, de ses princip. villes et de ses lieux les plus renommez. *Bruxelles*, 1718, in-12, front. et fig , v. — Histoire de la vie et de la mort des deux illustres frères Corn. et J. de Witt (par Verhoeven). *Utrecht*, 1709, 2 vol. in-12, front. et fig., v.

694. HUME (Dav.). Histoire d'Angleterre. *Amsterdam et Londres*, 1765-68, 6 vol. in-4, v.

695. HUME (Dav.). Histoire d'Angleterre, dep. l'invas. de Jules César jusqu'à la Révolution de 1688, et dep. cette époque jusqu'à 1760, par Smollett, trad. de l'angl. *Paris*, 1819, 22 tom. rel. en 11 vol. in-8, dem.-rel., v. viol., ébarb.

696. ITALIE, ORIENT. 7 vol. in-12 et in-8, rel.

> Histoire du gouvernement de Venise, par Amelot de la Houssaie. *Paris*, 1677, in-8, v. — Aperçu général sur l'Egypte, par Clot-Bey. *Paris*, 1840, 2 vol. in-8, portr., dem.-rel., chagr. bleu. — Histoire des grands-vizirs Mahomet Coprogli-pacha, Achmet Coprogli-pacha, celle des 3 dern. grands-seigneurs, de leurs sultanes et principales favorites, avec les plus secrètes intrigues du Sérail et plusieurs autres particularitez des guerres de Dalmatie, Transilvanie, etc. (par de Chassipol. *Paris, Michallet*, 1676, in-12, v. — Journal de l'expédition de M. de la Feuillade pour le secours de Candie, par un volontaire. *Lyon, J. Thioly*, 1669, in-12, v. — Histoire des Etats barbaresques qui exercent la piraterie, trad. de l'anglais (par Boyer de Prébande). *Paris*, 175 , 2 vol. in-12, v.

697. JOSEPHI (Flav.), religione Judæi, opera quædam Ruffino presbytero interprete, ex vetustissimorum codicum collatione restituta. *Basileæ, Frobenius*, 1524, in-fol., v.

698. JOSEPH (Flavius). Histoire des Juifs, trad. sur l'original grec, par Arnauld d'Andilly. *Amsterdam*, 1700, in-fol., fig., veau.

699. KÆMPFER (Engelb.). Histoire naturelle, civile et ecclésiastique de l'empire du Japon, trad. par J.-G. Scheuchzer. *La Haye*, 1729, 2 vol. in-fol., frontisp. et quantité de figures, v.

700. La Boullaye Le Gouz. Les voyages et observations du S<sup>r</sup> de La Boullaye Le Gouz, gentil-homme angevin, où sont décrites les religions, gouvernements et situations des Estats et royaumes d'Italie, Grèce, Natolie, Syrie, Palestine, Karaménie, Kaldée, Assyrie, Grand-Mogol, Bijapour, etc., etc. *Paris, G. Clousier*, 1653, in-4, fig. sur bois, vél.

701. La Condamine. Relat. abrégée d'un voyage fait dans l'intérieur de l'Amérique méridionale. *Paris*, 1745, in-8, v.

702. Lamartine. Histoire de la Russie. *Paris*, 1855, 2 vol — Histoire de la Turquie. *Paris*, 1855, 2 vol. — Ens. 4 vol. in-8, dem.-rel., toile.

703. Ledru-Rollin. De la décadence de l'Angleterre. *Paris*, 1850, 2 vol. in-8, dem.-rel., dos toile.

704. Lenglet Du Fresnoy. Méthode pour étudier l'histoire, avec un catalogue des princip. historiens. *Paris*, 1735, 9 vol. — Supplément de la méthode pour étudier l'histoire. 3 vol. — Ens. 12 vol. in-12, v. m.

705. Lettres familières sur l'Italie (par Charles de Brosses). — 2 vol. in-fol., v. éc., fil.

> Manuscrit du XVIII<sup>e</sup> siècle, de 704 et 852 pages, d'une écriture soignée. C'est une des copies que l'auteur fit faire pour lui-même. Le président de Brosses épousa en secondes noces, le 2 septembre 1776, Jeanne-Marie Le Gouz de Saint-Seine. C'est ainsi que ce manuscrit a été transmis dans la famille. Il serait bon de collationner les textes imprimés avec ce manuscrit, car dès la première lettre nous y avons relevé une variante importante. L'édition de 1836, publiée par R. Colomb, porte *mon* gros *Blancey*, tandis que dans le manuscrit on lit *mon* cher *Blancey*, et il est probable qu'il y a encore d'autres changements, voire même des passages supprimés.

706. Lingard (J.). Histoire d'Angleterre, dep. la prem. invasion des Romains, trad. de l'angl. par de Roujoux.

*Paris*, 1825, 14 vol. — Les antiquités de l'Eglise anglo-saxonne, par J. Lingard, trad. par Cumberworth. *Paris*, 1828, 1 vol. — Ens. 15 vol. in-8, dem.-rel.

707. MALTE-BRUN. Précis de la géographie universelle, ou description de toutes les parties du monde, précéd. de l'histoire de la géographie chez les peuples anciens. *Paris*, 1810, 8 vol. in-8, av. cartes, dem.-rel., v. bl., tr. marbr.

708. MARSHALL (J.). Vie de G. Washington, génér. en chef des armées américaines, durant la guerre de l'indépendance, et président des Etats-Unis d'Amérique, composée sur ses mémoires, qu'il a légués à son parent, trad. de l'angl. par P.-F. Henry. *Paris*, 1807, 5 vol. in-8, portr., v. v.

709. MÉRIMÉE (P.). Etudes sur l'histoire romaine. *Paris*, 1844, 2 vol. in-8, dem.-rel., v. bl.

710. MORELET (A.). Voyage dans l'Amérique centrale, l'île de Cuba et le Yucatan. *Paris*, 1857, 2 vol. in-8, dem.-rel., chagr. v. — PLACIDE-JUSTIN. Histoire politique et statistique de l'île d'Hayti, Saint-Domingue, écrite sur des documents officiels et des notes communiquées par James Barskett. *Paris*, 1826, in-8, dem.-rel., v. fauve.

711. NAPOLÉON III. Histoire de Jules César. *Paris*, 1865, 2 vol. in-8 et atlas in-4, dem.-rel., mar. bl.

712. NAVIGATIONS AUX TERRES AUSTRALES (Histoire des), conten. ce que l'on sçait des mœurs et des productions des contrées découvertes jusqu'à ce jour (par de Brosses). *Paris*, 1756, 2 vol. in-4, portr , v., fil.

713. NIEBUHR. Histoire romaine, trad. de l'allem., par Golbéry. *Paris*, 1830-40, 7 vol. in-8, dem.-rel., v. bl.

714. Ozanam (A.-F.). La civilisation au v^e siècle, introduction à une histoire de la civilisation aux temps barbares, suivie d'un essai sur les écoles en Italie du v^e au xiii^e siècle. *Paris*, 1855-65, 11 vol. in-8, portr., dem.-rel., chagr. vert. — Dante et la philosophie catholique au xiii^e siècle. *Paris*, 1839, in-8, dem.-rel., v. vert. — Ensemble 12 vol.

715. Pausanias ou voyage historique de la Grèce, trad. en franç., av. des remarques, par l'abbé Gedoyn. *Paris*, 1731, 2 vol. in-4, frontisp., cartes et fig., v. marbr.

716. Piganiol de La Force. Nouvelle description de la France, dans laquelle on voit le gouvernement général de ce royaume, celui de chaque province en particulier, et la description des villes, maisons royales, châteaux et monumens les plus remarquables. *Paris*, 1722, 8 vol. in-12, frontisp. et fig., v.

717. Pombal (M^is de). Mémoires de Carvalho et Mélo, comte d'Oeyras, m^is de Pombal, secrétaire et premier ministre de Joseph I^er, roi de Portugal. *S. l.*, 1784, 4 vol. in-12. — L'administration de Carvalho et Mélo, comte d'Oeyras, m^is de Pombal. *Amsterdam*, 1788, 4 vol. in-8, portr. — Ens. 8 vol. in-8 et in-12, veau. (*Rel. uniforme*).

718. Poujoulat. Histoire de Jérusalem, tableau religieux et philosoph., conten. l'entrée des Hébreux dans le pays de Chanaan, etc. *Paris*, 1841, 2 vol. in-8, front. grav., dem.-rel., chagr. viol., tr. marbr.

719. Prusse. 18 vol. in-12 et in-8, rel. et br.

Mémoires pour serv. à l'histoire de Brandebourg (par Frédéric II, roi de Prusse). *S. l.*, 1751. 2 tom. en 1 vol. in-12, portr., v. m. — Histoire de Frédéric II, roi de Prusse (par Laveaux). *Strasbourg*, 1787, 4 vol. in-12, v. — Lettres sur Frédéric II, roi de Prusse (par le même). *Strasbourg*, 1789, 3 vol. in-12, v. — De la monarchie prussienne sous Frédéric le Grand, par le comte de Mirabeau. *Londres*, 1788, 8 vol. in-8, portr., br.

Histoire secrète de la Cour de Berlin (par le comte de Mirabeau). *S. l.*, 1789, 2 vol. in-8, dem.-rel., v. br.

720. Rapin Thoyras. Histoire d'Angleterre, conten. ce qui s'est passé depuis l'invasion de Jules César jusqu'à la conquête des Normans. *La Haye*, 1727, 12 vol., frontisp. et cartes, fil. — Extraits des actes de Rymer, par Rapin Thoyras. *Amsterdam*, 1728, 1 vol. in-4, v. — Ensemble 13 vol.

721. Raynal (G.-Th.). Histoire philosophique et politique des établissemens et du commerce des Européens dans les deux Indes. *Genève*, 1775, 3 vol. in-4, portr. grav. et carte, v. fauve. — Histoire philosoph. et politique des isles françoises dans les Indes occidentales. *Lausanne*, 1784, in-8, portr., v. m., fil. — Ens. 4 vol.

722. Raynal. Histoire philosophique et politique des établissemens et du commerce des Européens dans les deux Indes. *Genève*, 1780, 5 vol. in-4, portr., dont 1 vol. d'atlas, cart., non rog.

723. Relation de mon voyage de Flandre, Hollande et Angleterre. — Pet. in-4, cart.

> Manuscrit du XVIIIᵉ siècle, composé de 285 pages. Il est inédit et paraît être autographe de l'auteur, qui l'a signé à la fin des initiales G. D. L. P. (Gabriel de La Porte). Sur la garde on lit cette note : « Ce voyage est fait par M. de La Porte, valet de chambre du Roy, dont il a paru des Mémoires dont j'ay le manuscrit original, parce que ce M. de La Porte était grand-père maternel de M. de Pleurre, mon premier mari. »

724. Rollin. Histoire ancienne des Egyptiens, des Carthaginois, des Assyriens, des Babyloniens, des Mèdes et des Perses, des Macédoniens, des Grecs. *Paris*, 1740-43, 14 vol. in-12, v. — Crevier. Histoire des empereurs romains, depuis Auguste jusqu'à Constantin. *Paris*, 1749, 12 vol. in-12, v. marbr. — Ens. 23 vol.

725. Roujoux (Le baron de). Histoire pittoresque de l'An-

gleterre et de ses possessions dans les Indes, depuis les temps les plus reculés jusqu'à la Réforme de 1832. *Paris*, 1834, 3 vol. gr. in-8, portr. et fig., cart.

726. SALLUSTE. Histoire de la République romaine dans le cours du viie siècle (trad. par le président de Brosses). *Dijon, Frantin*, 1777, 3 vol. in-4, portr. par Cochin gr. par St-Aubin et fig., cart., non rognés.

727. SAUSSURE (De). Voyages dans les Alpes. *Neuchatel*, 1780, 2 tom. en 1 vol. in-8, fig., v. — BOURRIT. Description des Alpes Pennines et Rhétiennes. *Genève*, 1781, 2 vol. in-8, fig., v. m. — BOURRIT. Description des cols ou passages des Alpes. *Genève*, 1803, 2 part. en 1 vol. in-8, fig., dem.-rel. — Ens. 4 vol.

728. SCANDERBERG (Hist. de), roy d'Albanie, par le P. Duponcet. *Paris*, 1719, in-12, v. — Histoire de Scanderberg ou Turcs et Chrétiens au xve siècle, par l'abbé Paganel. *Paris*, 1855, in-12, dem.-rel., v. fauve. — Ens. 2 vol.

729. SCHOELL (Fréd.). Cours d'histoire des Etats européens, depuis le bouleversement de l'Empire romain d'Occident jusqu'en 1789. *Paris, Gide*, 1830-35, 17 vol. in-8, dem.-rel., veau fauve.

730. SPON. Histoire de Genève. *Genève*, 1730, 2 vol. in-4, figures, v. marbr.

731. STRADÆ (Famiani) de bello Belgico decas prima ab excessu Caroli V imp. usque ad initia præfecturæ Alex. Farnesii. *Antuerpiæ*, 1649, 2 vol. in-8, carte et portraits, v. br. — STRADA. Histoire de la guerre de Flandre, trad. par P. Du Ryer. *Paris, Aug. Courbé*, 1659, 2 vol. infol., v. — Ens. 4 vol.

732. STAPFER (A.). Histoire de la ville de Berne (Suisse).

*Paris*, 1835, in-4, fig. sur acier, dem.-rel., mar. Lavall., non rogné.

733. Suisse. 3 vol. in-8, rel.

Voyage historique et littéraire dans la Suisse occidentale (par Sinner). *Neuchatel*, 1781, 2 tom. en 1 vol. in-8, dem.-rel. — Histoire de la nation suisse, par Henri Zschokke, trad. de l'allemand par Monnard. *Aarau*, 1823, in-8, dem.-rel. — Dictionnaire géograph., histor. et politique de la Suisse. 2 tom. en 1 vol. in-8, carte, v.

734. Théatre historique (Le grand) ou nouv. histoire universelle tant sacrée que profane, depuis la création du monde jusqu'au commencement du xviiie siècle (par P. Gueudeville). *Leide*, 1703, 2 vol. in-fol., avec de nombr. figures, v. gran.

735. Thucydide. Histoire de la guerre du Péloponnèse, trad. franç. par Ambr. Firmin-Didot, avec des observat. par de Brussy. *Paris*, 1833, 4 vol. in-8, dem.-rel., dos et coins v. v., non rog.

736. Tillemont (Le Nain de). Histoire des empereurs et des autres princes qui ont régné durant les six premiers siècles de l'Eglise, des persécutions qu'ils ont faites aux chrétiens, de leurs guerres contre les Juifs, etc. *Paris*, 1690, 6 vol., v. — Mémoires pour servir à l'histoire ecclésiastique des premiers siècles. *Paris*, 1693, 16 vol. — Ens. 22 vol. in-4, v. marbr.

737. Tite-Live. Les Décades, avec les supplémens de J. Freinshemius, de la traduction de Du Ryer. *Paris, de Sommaville*, 1653, 2 vol. in-fol., v.

738. Tocqueville (A. de). De la démocratie en Amérique. *Paris*, 1836, 4 vol. in-8, dem.-rel., veau rouge.

739. Topffer. Voyages en zigzag ou excursions d'un pensionnat en vacances dans les cantons suisses et sur les

revers italiens des Alpes. *Paris, Dubochet*, 1844, gr. in-8,
illustré d'apr. des dessins de l'auteur et orné de 15 grands
dessins par Calame, cart. primitif de l'édition, tr. dor.

740. VERTOT. Histoire des révolutions arrivées dans le gouvernement de la République romaine. *Paris, Renouard*,
1796, 4 vol. in-8, portr. grav., pap. fin, rel. en maroq.
rouge, fil., tr. jasp. — Révolutions de Portugal. *Paris,
Renouard*, 1795, in-8, dem.-rel. — Révolutions de
Suède. *Paris, Renouard*, 1795, 2 vol. in-8, portr., dem.-
rel., v. rouge, non rog. — Ens. 7 vol.

741. VELSERI (M.) Rerum Boicarum lib. V, historiam a
gentis origine, ad Carolum M. complectens. *Augustæ Vin-
delicor.*, 1602, in-4, vél.

742. VOYAGE AUTOUR DU MONDE fait dans les années 1740-
1741, 1742, 1743, 1744, par G. Anson, publ. par Rich.
Walter, trad. de l'angl. *Amsterd.*, 1749, in-4, cartes et
fig., v. marbr. — Voyage autour du monde sur la frégate
du Roi *La Boudeuse* et la flûte *L'Etoile*, en 1766, 1767,
1768 et 1769 (par Bougainville). *Paris*, 1771, in-4,
cartes, v. éc., fil. — Ens. 2 vol.

743. VOYAGE D'ITALIE (Relation du) de M. l'abbé de
S\.-Vandrille. — 2 vol. in-8, bas.

MANUSCRIT DU XVIII° SIÈCLE.

744. VOYAGE EN ITALIE (Journal de mon) depuis mon dé-
part de Lyon le 19 septembre 1761. — Second volume
du Journal d'Italie. — Journal de mon voyage en Suisse.
Genève, ce 23 juin 1780, 1 vol. — Ens. 3 vol. pet.
in-4, couv. en parch.

MINUTE ORIGINALE autographe des journaux de voyage du Président de
Bourbonne. Le *Journal du voyage en Suisse* est ici continué jusqu'au
retour à Paris, des pages 77 à 111 compris. On trouve ensuite 5 pages
de notes sur les manuscrits de la Bibliothèque de Berne qui ne figurent
pas dans la copie mise au net.

745. VOYAGES EN ITALIE, en Hollande, en Angleterre, à
Barèges et en Suisse. — 2 vol. in-4, vél. vert.

> MANUSCRITS DU XVIII<sup>e</sup> SIÈCLE. Ce sont des journaux de voyage datés de
> 1761 à 1780, fort curieux, contenant des remarques sur l'histoire natu-
> relle, les collections de tableaux et autres particularités des pays par-
> courus dans le genre des *Lettres sur l'Italie* de Ch. de Brosses. — Ces
> relations originales nous paraissent être de la main du Président de
> Bourbonne. Ce sont les mises au net des cahiers précédents. Cette copie
> s'arrête à la lettre datée de Zurich du 17 juillet 1780.

746. VOYAGES DE PALLAS en différ. provinces de l'Empire
de Russie, et dans l'Asie septentrionale, trad. de l'allem.
par Gauthier de la Peyronie. *Paris*, 1788, 6 vol. in-4, et
atlas gr. in-4, v. éc.

747. VOYAGES (Les) et observations du s<sup>r</sup> de la Boullaye
Le Gouz gentil-homme angevin. *Paris*. 1657, in-4, fig.
s. bois, dem.-rel.

748. VOYAGE PITTORESQUE DE LA GRÈCE (par de Choiseuil-
Gouffier). *Paris*, 1782-1822. 3 vol. gr. in-fol., fig., cart.,
non rogn.

749. WASHINGTON IRVING. Histoire de la vie et des voyages
de Christophe Colomb, trad. de l'angl. par Defauconpret. *Paris*, 1828, 4 vol. in-8, av. cartes, dem.-rel., v.
vert. — TROLLOPE (Mistress). Mœurs domestiques des
Américains. *Paris*, 1833. 2 vol. in-8, dem.-rel., v. vert.
— Ens. 4 vol.

### NOBLESSE. — GÉNÉALOGIES.

750. ALMANACH ROYAL, contenant les naissances des princes
et princesses de l'Europe, les archevêques, évêques,
cardinaux et abbés commendataires, les maréchaux de
France, les lieutenans généraux, etc. *Paris, années*
1764, 1773, 1778, 1781 et 1790, 5 vol. in-8, rel. et br.

751. ANNUAIRE historique et biographique des souverains, des chefs et des membres des maisons princières, des familles nobles ou distinguées, etc. *Paris, Direction des Archives historiques*, 1844, 2 vol. in-8, cart., tr. dor.

752. ANSELME (le P.). Histoire généalogique et chronologique de la maison royale de France, des grands officiers de la couronne, etc. *Paris*, 1712, 2 vol. in-fol., v.

753. ANSELME (Le P.). Histoire généalogique et chronologique de la Maison Royale de France, des Pairs, grands officiers de la couronne et de la Maison du Roy et des anciens Barons du Royaume, etc. *Paris*, 1726-33, 9 vol. in-fol., avec armoiries grav., v. marbr.

754. ARBAUMONT (J. d'). Armorial de la chambre des comptes de Dijon d'apr. le manuscrit inédit du P. Gautier, av. un chapitre supplémentaire pour les officiers du bureau des finances de la même ville. *Dijon*, 1881, gr. in-8, av. fig. d'armoiries, dem.-rel., veau fauve, tête dor., non rogn.

755. ARMOIRIES de la salle des Croisades à Versailles. *Paris, Ch. Gérard, s. d.* In-4, avec armoiries coloriées, dem.-rel., v. violet.

756. ARMORIAL DE LA CHAMBRE DES COMPTES de Bourgogne et de Bresse, 1763. — 2 vol. in-fol., v. marbr.

 MANUSCRIT DU XVIIIᵉ SIÈCLE, avec armoiries coloriées. — C'est le manuscrit du P. Bernard Gauthier de Brévant, Jésuite du Collège des Godrans à Dijon, cité par Courtépée, que l'on croyait perdu.

757. BIE (Jacques de). Les familles de la France illustrées par les monumens des médailles anciennes et modern. tirées des plus rares et curieux cabinets du Royaume, sur les métaux d'or, d'argent et de bronze. *Paris, Camusat*, 1636, in-fol., frontisp. et nombr. planches de médailles, v. fauve.

758. BOULAINVILLIERS (de). Essais sur la Noblesse de France, conten. une dissertation sur son origine et abaissement. *Amsterdam*, 1732, in-8, v. — Lettres sur les anciens Parlemens. *Londres*, 1753, 3 tom. en 1 vol. in-12, v. — Mémoires cont. les moyens de rendre ce royaume très puissant et d'augmenter considérablement les revenus du Roi et du Peuple. *La Haye*, 1727. 2 tom. en 1 vol. in-12, v. — Ens. 3 vol.

759. BUFFIER (le P.). Introduction à l'histoire des maisons souveraines de l'Europe. *Paris*, 1717, 3 vol. in-12, tableaux généalogiq., v. — VALLEMONT (De). Les élémens de l'histoire ou ce qu'il faut savoir de chronologie, d'histoire, de blazon, etc. *Paris*, 1729. 4 vol. in-12, v. — CHEVIGNÉ (De). La science des personnes de cour, d'épée et de robe. *Amsterdam*, 1723, 4 vol. in-12, frontisp. et cartes, v. — Ens. 11 vol.

760. CATALOGUES et armoiries des gentilshommes qui ont assisté à la tenue des Etats Généraux du Duché de Bourgogne, depuis 1548 jusqu'en 1682, tirés des registres de la Noblesse (par de Brosses de Tournay, Thesut de Verrey et Le Compasseur de Courtivron). *Dijon, J.-Fr. Durand*, 1760. in-fol., frontisp. et planches de fig. d'armoiries gravées, v. marbr.

761. CATALOGUS GLORIÆ MUNDI, laudes, honores, excellentias ac præeminentias continens à spectabili viro Bartholomæo a Chassaneo. (In fine:) *Lugd. impressum per honoratum virum Dionysium de Harsy artis calcotype industria preditum. Anno Millesimo quingentesimo vigesimo nono (1529), duodecimo kalendas junias.* Infol., goth. à 2 col., v.

762. CHAPUZEAU. Relation de l'estat présent de la Maison

Royale et de la Cour de Savoye. *Paris, L. Billaine,* 1673, in-12, v.

763. CHEVILLARD. Armorial de Bourgogne et de Bresse. — S. l., n. d., gr. in-fol., dem.-rel., mar. bleu.

764. COSTA DE BEAUREGARD. Familles historiques de Savoie. Les Seigneurs de Compey. *Chambéry,* 1844. In-4, dem.-rel., mar. viol., non rogné.

765. DU CHESNE (André). Histoire généalogique de la Maison de Vergy. *Paris, Séb. Cramoisy,* 1625, 2 tom. en 1 vol. in-fol., fig. d'armoiries, v. m.

Exemplaire aux armes de Citeaux. — Titre détaché et fatigué.

766. DU CHESNE (Franç.). Histoire de tous les Cardinaux françois de naissance ou qui ont été promeus au cardinalat par l'expresse recommandation de nos roys pour les grands services qu'ils ont rendus à leur Estat et à leur Couronne. *Paris,* 1660, 2 vol. in-fol., portraits et fig. d'armoiries, v.

Mouillures dans le haut des marges.

767. DU CHESNE (Franç.). Histoire des Chanceliers et gardes des sceaux de France distingués par les règnes de nos monarques depuis Clovis jusqu'à Louis Le Grand, XIV<sup>e</sup> du nom, enrichie de leurs armes, blasons et généalogies. *Paris,* 1680, in-fol. av. fig. d'armoiries, v.

768. ETATS MILITAIRES de France, par de Roussel et de Montandre. Années 1771, 1774, 1779, 1783, 1784, 1786, 1788, 7 vol. pet. in-12, rel. et br.

769. FAUVELET DU TOC. Histoire des secrétaires d'Estat contenant l'origine, le progrès, et l'établissement de leurs charges, avec les éloges, les armes, blasons, et généalogies de tous ceux qui les ont possédées jusqu'à présent. *Paris,* 1668, in-4, fig. d'armoiries, v.

770. Généalogies historiques (Les) des rois, empereurs, etc., et de toutes les maisons souveraines (par Chazot de Nantigny). *Paris*, 1736, 4 vol. in-4, v. marbr.

771. Godefroy (Théod.). Le cérémonial françois, conten. les cérémonies observées en France aux sacres et couronnemens de Roys et reynes et de quelques anciens ducs de Normandie, d'Aquitaine et de Bretagne, comme aussi à leurs entrées solennelles et à celles d'aucuns dauphins, gouverneurs de provinces et autres seigneurs, dans diverses villes du Royaume. *Paris, Cramoisy*, 1649, 2 vol. in-fol., veau fauve, fil.

> Signature de Guichenon sur le titre.

772. Grands fiefs (Abrégé chronolog. des) de la Couronne de France (par Brunet). *Paris*, 1759. Pet. in-8, v. — La Curne de Sainte-Palaye (Mémoires sur l'ancienne Chevalerie). *Paris*, 1759. 2 tom. en 1 vol. in-12, v. — Ens. 2 vol.

773. Joly (Jacques). Trois livres des Offices de France, le I$^{er}$ traitte des Parlemens, le II$^e$ des Chanceliers, Gardes des seaux, le III$^e$ des baillifs, seneschaux, prévosts, etc. *Paris, Est. Richer*, 1638, 2 vol. in-fol., v.

774. La Chesnaye des Bois. Dictionnaire généalogique, héraldique et chronologique, contenant l'origine et l'état actuel des premières maisons de France, des maisons souveraines et principales de l'Europe. *Paris*, 1757-65, 7 vol. pet. in-8, v. marbr.

775. Le Carpentier. Histoire généalogique des Païs-Bas ou histoire de Cambray et du Cambrésis contenant ce qui s'y est passé sous les Empereurs et les Rois de France et d'Espagne, enrichie de généalogies, éloges, armes des comtes, ducs, évesques, archevesques, etc. *Leide*, 1664, 2 vol. in-4, cartes, v. fauve.

776. Ménestrier (Le P. Fr.) De la Chevalerie ancienne et moderne avec la manière d'en faire les preuves. *Paris*, 1683, in-12, v. — Méthode du Blason. *Paris*, 1688. In-12, front. gravé et fig. d'armoiries, v. (*Exemplaire fatigué*). — Ens. 2 vol.

777. Ménestrier (Le P.). La devise du Roy justifiée, avec un recueil de 500 devises faites pour S. M. et toute la maison royale. *Paris, Est. Michalet*, 1679, in-4, v.

778. Palliot (P.). Les généalogies et les alliances de la maison d'Amanzé au Comté de Masconnois dans le gouvernement du duché de Bourgogne, avec les preuves et quelques additions. *Dijon, P. Palliot*, 1659 In-fol., av. pl. d'armoiries gravées, vél.

> On a relié dans le même volume les ouvrages suivants : *Tabulæ geneologicæ quibus exhibentur præcipuæ familiæ hodiernorum principum Imperii. Tubingæ*, 1656. — *Tabulæ genealogicæ princip. Imperii. Tubingæ*, 1670.

779. Saincte Marthe (Scévole et Louis de). Histoire généalogique de la Maison de France. *Paris, Cramoisy*, 1642, 2 vol. in-fol., fig. d'armoiries, v. fauve, fil.

780. Simon (Henry). Armorial général de l'Empire français. *Paris*, 1812. 2 vol. in-fol., cart., non rognés.

781. Tablettes historiques, généalogiques et chronologiques (par Chazot de Nantigny). *Paris*, 1749-51, 4 vol. pet. in-12, v.

782. Vertot. Histoire des Chevaliers hospitaliers de S. Jean de Jérusalem appellez dep. Chevaliers de Rhodes, aujourd'hui Chevaliers de Malthe. *Paris*, 1727, 5 vol. in-12, portr., v. — Histoire de Pierre d'Aubusson, grand-maître de Rhodes (par le P. Bouhours). *Paris*, 1677, in-12, v. — Ens. 6 vol.

783. Zemganno. Les 4 ages de la Pairie de France ou histoire générale et politique de la Pairie de France dans ses 4 ages. *Maestricht*, 1775, 2 tom. en 1 vol. in-8, v. — Saintfoix. Histoire de l'ordre du Saint-Esprit. *Paris*, 1775, 2 vol. in-12, v. — Ens. 3 vol.

## ANTIQUITÉS. — ARCHÉOLOGIE. – NUMISMATIQUE. — MÉLANGES HISTORIQUES ET AUTRES. — BIOGRAPHIES.

784. Antiquités Mexicaines, relation des trois expéditions du capitaine Dupaix pour la recherche des antiquités du pays, avec notes explicatives et autres documents, par Baradère de Sᵗ Priest. *Paris*, 1834, 2 vol. gr. in-fol., dem.-rel., dos et coins de mar. viol., non rogn.

785. Bayardi (Ant.). Catalogo degli antichi monumenti dissoterrati dalla discoperta citta di Ercolano di Ercolano. *Napoli*, 1755, in-fol., cart., non rogné.

786. Bayle (Pierre). Dictionnaire historique et critique. *Amsterdam*, 1734, 5 vol. in-fol., v.

787. Biographie universelle, ancienne et moderne, ou histoire, par ordre alphabétique, de la vie publique et privée de tous les hommes qui se sont fait remarquer par leurs écrits, leurs actions, leurs talents, leurs vertus ou leurs crimes. *Paris, Michaud*, 1811-33, 55 vol. — Supplément à la Biographie universelle ancienne et moderne. *Paris, Michaud*, 1834-62, 30 vol. — Ens. 85 vol. in-8, dem.-rel., v. bl.

788. Bouillet. Dictionnaire universel des sciences, des lettres et des arts. *Paris*, 1859, 2 vol. gr. in-8, à 2 col., dem.-rel., chagr. rouge, plats toile.

789. BRANTOME. Mémoires conten. les vies des hommes illustres et grands capitaines estrangers. *Leyde, Sambix,* 1699, 2 vol. — Vies des hommes illustres et grands capitaines françois. *Leyde, Sambix,* 1699, 4 vol. — Vies des Dames illustres de France de son temps. *Leyde, Sambix,* 1665, 1 vol. — Ens. 7 vol. pet. in-12, v.

790. CAUMONT (De). Bulletin monumental ou collection de mémoires et de renseignements sur la statistique monumentale de la France. 1852-66, 15 vol. in-8, figures, dem.-rel., toile bl.

791. CAYLUS. Recueil d'antiquités égyptiennes, étrusques, grecques et romaines. *Paris,* 1761, 7 vol. in-4, fig., v. fauve, fil., tr. dor.

792. CHIFFLETIUS (Joa. Jac.). Opera politico-historica ad pacem publicam spectantia. *Antuerpiæ, Balth. Moretus,* 1650, 2 vol. in-fol., v.

793. CONBROUSE (G.). Catalogue raisonné des monnaies nationales de France. *Paris,* 1839. — Atlas du catalogue des monnaies nationales de France. *Paris, Fournier,* 1840. — Monétaires des Rois Mérovingiens, recueil de 920 monnaies en 62 planches avec leur explication. *Paris,* 1843. — Ens. 3 vol. in-4, dem.-rel., dos et coins v. bl.

794. CONGRÈS archéologique de France. *Paris,* 1852-64, 18 vol. in-8, dem.-rel., veau bleu, dont 1 broché.

Séances tenues à Metz, à Tréves, à Autun, à Chalons et à Lyon en 1846 ; à Laon, Nevers et Gisors en 1851 ; à Dijon en 1852 ; à Troyes en 1853 ; à Moulins en 1854 ; à Chalons-sur-Marne, à Aix et à Avignon en 1855 ; à Nantes en 1856, Verneuil, Neubourg et Louviers ; à Périgueux et à Cambrai en 1858 ; à Strasbourg, à Rouen, à S.-Lo et à Vire en 1859 ; à Dunkerque, au Mans, à Cherbourg en 1860 ; à Reims, à L'Aigle, à Dives et à Bordeaux en 1861 ; à Paris en 1867 ; à Carcassonne, à Narbonne, à Perpignan et à Béziers en 1868 ; à Montauban, à Cahors et à

Guéret en 1865 ; à Senlis, à Aix et à Nice en 1866 ; à Saumur, à Lyon, au Mans, à Elbeuf et à Dives en 1862 ; à Rodez, à Albi et au Mans en 1863 ; à Fontenay, à Evreux, à Falaise et à Troyes en 1864.

795. COUSIN (Victor). Madame de Longueville. *Paris,* 1853, portr., 1 vol. — Madame de Chevreuse. *Paris,* 1856, portr., 1 vol. — Madame de Sablé, études sur les femmes illustres de la Société du xviii<sup>e</sup> siècle. *Paris,* 1854, 1 vol. — La Société Française au xvii<sup>e</sup> siècle d'après le Grand Cyrus de M<sup>lle</sup> de Scudéry. *Paris,* 1858, 2 vol. — Ens. 5 vol. in-8, dem.-rel.

796. DIVERS. — 4 vol. in-8, rel.

> Les sociétés secrètes de France et d'Italie ou fragments de ma vie et de mon temps, par Jean Witt. *Paris,* 1830, in-8, dem.-rel., v. viol. — Opinions, rapports et choix d'écrits politiques, par Ch.-Franç. Le Brun, duc de Plaisance. *Paris,* 1825, in-8, dem.-rel. — Considérations sur l'art de la guerre, par le Baron Rogniat. *Paris,* 1817, in-8, dem.-rel. — Histoire de Russie, par le Comte de Ségur. *Paris,* 1829, in-8, dem.-rel., v. rouge.

797. DU MOLINET (Le P. Cl.). Le Cabinet de la Bibliothèque de Sainte Geneviève, divis. en 2 parties, conten. les antiquitez de la religion des Chrestiens, des Egyptiens et des Romains, des tombeaux, des poids et médailles, des monnoyes, des pierres antiques gravées, etc. *Paris, A. Dezallier,* 1692, in-fol., fig., v. marbr.

798. DU TILLIOT. Mémoires pour servir à l'histoire de la fête des Foux qui se faisoit autrefois dans plusieurs Eglises. *Lausanne et Genève,* 1741, in-4, fig., v.

799. GAU (F. C.). Antiquités de la Nubie ou monuments inédits des bords du Nil. *Stuttgart et Paris,* 1822, gr. in-fol., dem.-rel., dos et coins de mar. bleu, non rogné.

800. DES GUERROIS. Le président Bouhier, sa vie, ses ouvrages et sa bibliothèque. *Paris,* 1855, in-8, dem.-rel., v. br.

801. Didron. Annales archéologiques. *Paris, Annales archéologiques*, 1844-81, 28 vol. in-4, à 2 col., fig., dem.-rel., chagr. rouge.

802. Histoire des plus illustres favoris anciens et modernes recueillie par P. D. P. (Pierre du Puy), avec un journal de ce qui s'est passé à la mort du Mareschal d'Ancre. *Leide, J. Elsevier*, 1659, in-4, v., fil. — Histoire des favorites (par M^lle de la Roche-Guilhem). *Amst.*, 1700, 2 vol. in-12, front. et fig., v. — Ens. 3 vol.

803. Intrigues galantes de la Cour de France dep. le commencement de la Monarchie (par Vanel). *Cologne, P. Marteau*, 1694, 2 tom. en 1 vol. in-12, v. — Histoire secrette des femmes galantes de l'antiquité (par F.-N. Dubois, avocat au Parlement de Normandie). *Amsterdam*, 1745, 6 vol. in-12, v. m.

804. Ionian antiquities published by order of the Society of Dilettanti. *London*, 1769, gr. in-fol., mar. vert, fil., large dent. sur les plats, tr. dor. (*Reliure ancienne*).

805. Jovii (Pauli) Novocomensis episcopi Nucerini elogia virorum bellica virtute illustrium, ex ejusd. musæo ad vivum expressis imaginibus exornata. *Basileæ, P. Perna*, 1575, 2 tom. en 1 vol., titre dans une bordure et nombr. portr. grav. sur bois. — P. Jovii opera quotquot extant omnia. *Basileæ, Perna*, 1578. — Ens. 2 vol. in-fol., v. fauve, cartouches s. les plats et fil.

806. Le Blanc. Traité historique des Monnoyes de France, avec leurs figures, depuis le commencement de la Monarchie jusqu'à présent. *Paris*, 1690, in-4, frontisp. et fig., v.

807. Le Blanc. Traité historique des Monnoyes de France, avec leurs figures. *Amsterdam*, 1692, in-4, fig., v.

808. LETTRES sur l'état actuel de la ville souterraine d'Herculée et sur les causes de son ensevelissement sous les ruines du Vésuve (par le président de Brosse). *S. l.*, 1750, in-12, cart. — Histoire et phénomènes du Vésuve, par le P. Dom. de la Torre. *Naples*, 1771, in-8, dem.-rel. — Ens. 2 vol.

809. MABILLON (J.) de re Diplomatica lib. VI in quibus quidquid ad veterum instrumentorum antiquitatem, materiam, scripturam, etc , pertinet, explicatur et illustratur. *Lutetiæ Parisiorum*, 1681, in-fol., v. m.

810. MAJOR. Les ruines de Pæstum ou de Posidonie dans la Grande Grèce. *Londres*, 1768, gr. in-fol., mar. vert, fil., large dent. sur les plats, tr. dor. (*Reliure ancienne*).

811. MALESTROICT. Paradoxes sur le faict des Monnoyes présentez à sa Majesté, avec la responce de J. Bodin. *Paris, J. du Puys*, 1578, pet. in-8, vél. bl. — BOIZARD (J.). Traité des Monnoyes, de leurs circonstances et dépendances. *Paris*, 1696. in-12, v. — Ens. 2 vol.

812. MÉDAILLES du règne de Louis XV. *S. l.* (1736), pet. in-fol., v. fauve.

   Suite de 54 planches gravées en taille-douce, plus un titre et un frontispice signé par *Cars*.

813. MÉNESTRIER (Cl.-Franç.). Histoire du règne de Louis Le Grand, par les médailles, emblèmes, devises, jetons, inscriptions, armoiries et autres monumens publics. *Paris, Nolin*, 1700, in-fol., titre et nombr. planches gravées, v.

   Armoiries de la VILLE DE LYON sur les plats.

814. MIGNARD. Biographie du g^{al} Baron Testot-Ferry, vétéran des armées républicaines et impériales, et exposé

des événements militaires de 1792 à 1815. *Dijon*, 1859,
gr. in-8, dem.-rel., chagr. vert.

815. MONTFAUCON (Dom Bernard de). L'antiquité expliquée
et représentée en figures. *Paris*, 1719-57, 15 vol., portr.
et figures, v. m., fil. — Les Monuments de la Monarchie
qui comprennent l'histoire de France avec les figures de
chaque règne que l'injure des temps a épargnées. *Paris*,
1729-33, 5 vol. in-fol., portr. équestre de Louis XV enfant et fig., v. — Ensemble 20 vol.

816. MORERI. Le Grand Dictionnaire historique ou le mé-
lange curieux de l'histoire sacrée et profane. *Paris*, 1732,
6 vol. in-fol., v.

817. MORUS (Thomas), lord chancelier du Royaume d'Angleterre au XVIᵉ siècle. *Paris, Gosselin*, 1833, 2 vol. in-8,
dem.-rel., v. viol.

818. PLUTARQUE. Les vies des hommes illustres, reveues
sur les mss. et trad. en françois avec des remarques historiques et critiques, par Dacier. *Paris, Clousier*, 1721,
8 vol. in-4, v. br.

819. RAOUL-ROCHETTE. Peintures antiques inédites précéd.
de recherches sur l'emploi de la peinture dans la décora-
tion des édifices sacrés et publics, chez les Grecs et chez
les Romains. *Paris, Impⁱᵉ Royale*, 1836, in-4, figures
en couleur, cart., non rogn.

820. RENÉE (Amédée). La Grande Italienne (Mathilde de
Toscane). *Paris*, 1859, in-8, portr., dem.-rel.

821. RUINES DE BALBEC (Les) autrement dite Héliopolis,
dans la Cœlo-Syrie. *Londres*, 1757, gr. in-fol., dem.-
rel., large dent. sur les plats et milieu orné, tr. dor.
(*Reliure ancienne*).

822. Ruines de Palmyre (Les) autrement dite Tedmore dans le Désert. *Londres*, 1753, gr. in-fol., mar. rouge, fil., large dent., milieux ornés, tr. dor. (*Reliure ancienne*).

823. Sainct Julien (P. de), de la maison de Balleure. Meslanges historiques et recueils de diverses matières pour la pluspart paradoxalles et neantmoins vrayes, en ce livre sont traictées plus. matières et choses non vulgaires. *Lyon, B. Rigaud*, 1589, in-8, v.

824. Saint-Surin (M^me de). L'hotel de Cluny au moyen âge, suivi des contenances de table et autres poésies inédites des xv^e et xvi^e siècles. *Paris*, 1835, in-12, dem.-rel., dos et coins, chagr. rouge, non rogn.

825. Swetchine (Madame), sa vie et ses œuvres, publ. par le C^te de Falloux. *Paris*, 1860, 2 vol. — Madame Swetchine. Journal de sa conversion, méditations et prières, publ. par le C^te de Falloux. *Paris*, 1863, 1 vol. — Ens. 3 vol. in-8, dem.-rel.

826. Vie (La) de Madame la duchesse de Longueville (par J. Bourgoing de Villefore). *S. l.*, 1738, 2 tom. en 1 vol. in-12, v. fauve. — Vie de l'Empereur Charles V, trad. de l'ital. de Leti (par ses filles). *Bruxelles*, 1710, 4 vol. in-12, portr. et fig., v. — Histoire de l'admirable Dom Inigo de Guipuscoa, chevalier de la Vierge, par Herc. Rasiel de Selva (pseudonyme de Charles Le Vier). *S. l.*, 1737, 2 vol. in-12, v. fauve. — Ensemble 7 vol.

827. Vie (La) de Charles V, duc de Lorraine et de Bar, généralissime des troupes impériales (par J. de La Brune). *Amsterdam*, 1691, in-12, v. — Vie du maréchal duc de Villars, écrite par lui-même et publ. par Anquetil. *Paris*, 1784, 3 vol., portr. et plans, br. — Ens. 4 vol.

828. Vogué (Melchior de). Les Eglises de la Terre Sainte. *Paris, Didron*, 1860, in-4, figures, dem.-rel., chagr. Lavall., plats toile.

829. Vulson de la Colombière. L'abrégé des vies des hommes illustres et grands capitaines, avec leurs figures et représentations tirées de la Galerie du Palais Royal, dessignez et gravez par les Sieurs Heince et Bignon, peintres et graveurs du Roy. *Paris*, 1690, gr. in-fol., v. br.

## ARTICLES OMIS

830. Beaune (Henri) et J. d'Arbaumont. La Noblesse aux Etats de Bourgogne, de 1350 à 1789. *Dijon, Lamarche*, 1864. In-4, avec planches d'armoiries, dem.-rel., dos et coins de chagr. brun, tr. marbrée.

831. Calendrier des Princes et de la Noblesse (par La Chesnaye des Bois). *Paris, Duchesne, Années* 1762, 1764, 1765, 1766 et 1768. 5 vol. pet. in-12, v. marbr.

832. Des Marches (A.-S.). Histoire du Parlement de Bourgogne de 1733 à 1790. *Chalon s. Saône, Dejussieu*, 1851. In-fol., avec blasons gravés dans le texte, veau fauve à l'antique.

833. Pailliot (Pierre). La vraye et parfaite science des armoiries. *Dijon*, 1660. In-fol., fig. d'armoiries grav. en taille-douce, v. br.

834. Pailliot. Le Parlement de Bourgogne, son origine, son establissement et son progrès. *Dijon*, 1749. — Continuation de l'histoire du Parlement de Bourgogne dep. l'année 1649 jusqu'en 1733, par François Petitot. *Dijon,*

*Ant. de Fay*, 1733. 2 ouvr. en un vol. in-fol., avec blasons gravés dans le texte, v. fauve (*Rel. ancienne*).

Le premier ouvrage n'a que le faux-titre; le titre général manque.

835. WAILLY (Natalis de). Éléments de Paléographie. *Paris, Imprim. Royale*, 1838. 2 vol. in-4, avec planches de fac-similés, cart., non rognés.

## SUPPLÉMENT

836. ACTES DES APOTRES (Les) commencés le jour des Morts et finis le jour de la Purification. *Paris, l'an de la Liberté, o* (1791). 6 vol. in-8, av. fig. satiriques, v. éc., dent.

Journal en 300 Nos.

837. ALCIAT (Maistre André). Les Emblesmes mis en rime françoyse. *Paris, Wechel,* 1540. Pet. in-8, fig. s. bois, v.

838. BARTEL. Historica et chronologica Præsulum Sanctæ Regiensis ecclesiæ nomen datura. *Aquis-Sextiis*, 1636. In-8, vél.

839. BELLEAU (Remy). Œuvres poétiques. *Rouen, Cl. Le Villain*, 1604. 2 tom. en 1 vol. pet. in-12, dem.-rel.

840. BILLY (Le P. Jacq. de). Le Tombeau de l'Astrologie judiciaire. *Paris*, 1657. In-4, dem.-rel.

841. CONVENTIONS (Deux) entre Charles I et Louys II, anciens comtes de Provence et les citoyens de la ville d'Arles. *Lyon*, 1617. In-4, dem.-rel.

842. COUTEL (Messire Antoine), chevalier seigneur des Montcaux, des Ruez, Fouynais, etc. *Blois, Alex. Moette, s. d.* Pet. in-8, dem.-rel.

843. De la Roque, de Clairmont en Peauvoisis. Œuvres poétiques. *Paris*, 1609. Pet. in-12, dem.-rel.

844. Litio (Sermones prestantissimi viri Roberti de). *Lugduni, Joh. Cleyn*, 1513. In-8, goth. à 2 col., v. br. estampé.

> Reliure avec des mouches sur les plats. Elle est, suivant M. Baudrier, d'un relieur lyonnais du nom de *David* dit *La Mouche*. — Réparations aux coins ; le dos est refait.

845. Michel (Guillaume), audiencier. Recueil de ses chansons (et d'autres auteurs). *Paris, Ballard,* 1636-42. Recueil pet. in-8, v. br.

846. Minut (Gabriel de). De la Beauté, discours divers avec la Paulegraphie ou description des beautez d'une dame Tholosaine nommée la belle Paule. *Lyon*, 1587. Pet. in-8, dem.-rel.

> Livre très rare. — L'exemplaire est très rogné en tête.

847. Poètes français anciens. 3 vol. pet. in-8, dem.-rel.

> La Semaine ou Création du Monde, de Christophe de Gamon. *Lyon*, 1609. — Les vies des plus célèbres poètes provençaux, par Nostradamus. *Lyon*, 1575. — La Franciade mise en vers françois, par le Sr Geuffrin. *Paris*, 1623.

848. Tabourot (Estienne). Les Bigarrures et Touches du Seigneur des Accords et les Escraignes Dijonnoises. *Paris*, 1662. In-12, v.

---

**On vendra à la suite plusieurs lots de livres non catalogués.**

# TABLE DES DIVISIONS DE CE CATALOGUE



ERRATUM. — Par suite d'une erreur de la mise en pages à l'imprimerie, les *Œuvres de Walter Scott* (n° 378), qui appartiennent à la série de Littérature, ont été placées en tête de la section de l'*Histoire de France.*


Dole-du-Jura. — Typographie L. Bernin, Girardi et Audebert, successeurs.

www.ingramcontent.com/pod-product-compliance
Ingram Content Group UK Ltd.
Pitfield, Milton Keynes, MK11 3LW, UK
UKHW021625170726
13836UKWH00005B/2044